ses cheveux comme le soir
et sa robe écarlate
est
le vingt-troisième ouvrage
publié
aux éditions de la pleine lune

Les éditions de la pleine lune
C.P. 188
Succursale de Lorimier
Montréal   H2H 2N6

Maquette de la couverture :   François Marange

Illustration :   «La chambre idéale 2»,
                                 sculpture de Blanche Célanuy

Préparation du manuscrit :   Marie-Madeleine Raoult

Composition :   Photocomposition Trëma Enr.

Distribution :

Les messageries Prologue Inc.
2975, Sartelon
Ville St-Laurent
Québec H4R 1E6

Diffusion Alternative
36, rue des Bourdonnais
75001 Paris
France

DE LA MÊME AUTEURE:

Un reel ben beau, ben triste, Éditions de la pleine lune, théâtre, 1980.

tenues à distance de l'écriture
aussi bien que de nos corps

les éditions de la pleine lune
se veulent un instrument
au service de la parole des femmes
pour explorer notre imaginaire
nommer le non-dit
de notre identité singulière et collective

l'éditrice

Jeanne-Mance Delisle

Ses
cheveux comme
le soir et
sa robe
écarlate

les éditions de la pleine lune
ROMAN

ISBN 2-89024-022-3
©Les éditions de la pleine lune
Dépôt légal – Premier trimestre 1983
Bibliothèque nationale du Québec

à Lucette Bouliane qui a
bien voulu...

Merci à: *Bertrand Gagnon*

Gilles Deschatelets
Réjean Roy
Nicole Carrier
Richard Fortier

Florence Delisle
Thérèse Auger-Delisle

Paule

Jean-Pierre Scant

Il n'y a pas si longtemps à Venise, vers la fin d'un jour, le ciel et l'eau se confondaient dans une même brume bleue. Le soleil rose coulait derrière un long bateau sombre, immobile depuis des heures.

Un ami me fit penser que ce bateau avait pris racine. Cet ami ressemblait à Luce.

Subjuguée, je voyais dans l'eau, une pensée à l'oeil de velours. Une fille d'été, les cheveux emmêlés au poteau du quai. Sirène sans queue ni écailles.

Tant pis pour elle si j'en fus amoureuse et si elle resta là, enclavée par mon désir de parler d'elle longtemps.

Elle m'est apparue comme un pruneau dans le sucre. La petite robe blanche de coton brodée fin, la
peau très sombre, la chevelure d'un beau brun foncé,
bouclée à la pointe, longue, souple, abondante. Avant
d'être professeur, elle avait obtenu un emploi de vacances au bureau de la Coopérative d'Électricité, l'endroit où je travaillais assidûment.

Après son entrée, j'ouvris une fenêtre et j'entendis
les oiseaux d'été s'exciter dans les arbres voisins. Je
respirai longuement. La mélancolie s'échappa avec
l'odeur de renfermé qui alourdissait l'atmosphère depuis des mois. On l'affecta au classement. Elle classa
des fiches, des chemises de carton jaune tout l'été.
Ses petites mains fines, sans bague, rangeaient les
feuilles avec une agilité calme pendant qu'elle chan-
tonnait continuellement.

Elle était petite mais robuste, blagueuse et pleine
d'esprit; j'étais conquise sans la connaître. Puis nous
avons causé et nous avons ri en classant des fiches.
Elle me chantait des chansons d'une belle voix chaude, un peu frêle, des heures entières, ses yeux de

13

myope, caressants, très bruns, effleurant les choses. D'un bref coup de tête ou d'un geste de la main, elle chassait ses cheveux constamment descendus sur son front. Elle parlait. Des remarques sur les gens et les choses que je trouvais compliquées mais que je jugeais la plupart du temps fort justes. Elle réfléchissait sans arrêt.

Je voulais qu'elle me parle d'elle, du temps où elle allait à l'école. À douze ans, elle était une petite fille très tranquille, pas plus intelligente que les autres mais pas pareille. Elle ne faisait jamais rien pour mériter des punitions. C'était un gâteau ou de la tarte au citron qu'elle recevait comme récompense si elle avait été particulièrement bonne. Sa mère la dispensait des travaux du ménage : «Va étudier dans tes livres. Ça prend de l'instruction et beaucoup d'argent, disait-elle, et ne joue pas avec les voisins, y sont pauvres. »

Et ils étaient laids. Les pauvres sont toujours laids. Et ceux qui ne prenaient pas soin de moi étaient niaiseux, écoeurants et pauvres. À cause de ces voisins pauvres, je n'avais personne avec qui partager mes jeux. J'aurais voulu avoir du monde mais pas parler : je parlais toute seule. Je me retrouvais toute seule sur les marches de l'escalier ou dans la balançoire. Je ne faisais jamais rien. Les fins de semaine, j'allais chez ma grand-mère avec mes cousines. Elles pissaient chacune leur tour dans la «catherine», je ne trouvais pas cela amusant. Je découpais, je collais, j'écoutais les autres parler. Je ne voulais pas jouer, les autres te font mal.

À l'école, c'était le contraire, j'étais entourée d'amis. Les soeurs m'aimaient parce que j'avais le sens du recueillement, le goût de la piété. J'aimais le silence dans les églises mais seule et sans cérémonie.

J'avais un ami, Réal. Il faisait tourner la corde. Je sautais. Il faisait tourner. On se promenait dans la cour de l'école. Il faisait rouler sa petite poche d'allées dans sa poche de culotte. Après les vacances, il n'est pas revenu: il était mort écrasé avec son bicycle. Je l'ai oublié.

J'ai commencé à suivre des cours de piano. Dans une aile de l'école, il y avait une grande belle pièce avec un beau piano. C'était le matin. Le laitier passait et la soeur courait lui ouvrir la porte. Elle sortait dehors, elle riait. Le soleil était toujours beau. J'allais voir. Elle n'entendait plus le piano, elle me criait, sévère: «Va t'asseoir, joue du piano.» Mes notes se mêlaient au grelot du rire de la soeur. J'avais de la misère à continuer. Quand elle revenait, les palettes de coiffe en l'air, j'avais mal au coeur. Il fallait que j'aille me laver les mains.

En fin de compte, je préférais sortir avec ma carabine et mon livre de poèmes de Maurice Carême, m'en aller dans le bois, m'asseoir sur des touffes de feuilles vertes avec la senteur de l'été dans tous les replis des sentiers. Je faisais des découvertes. Je découvrais qu'il fallait que j'aime les poèmes. Je découvrais que j'aimais les mouvements vifs de la rivière et la poussée lente des feuilles.

Le dernier soir de l'année scolaire, je recevais ma pile de prix. Je m'en allais à la maison à pied, j'avais une robe blanche. Les bras chargés, je marchais. Je serais passée tout droit au coin chez nous, comme une sainte, je serais partie!

Quand Luce gardait le silence, j'entendais ses paroles et son rire résonner à mes oreilles. Près d'elle j'étais bien et anxieuse: j'avais peur qu'elle s'ennuie. Les rares fois où nous sortions ensemble, on nous demandait si nous étions deux soeurs. Cela était pour moi un compliment absurde parce qu'elle était jolie et que je trouvais que je ne l'étais pas, et un gros compliment parce qu'elle était intelligente et que je l'étais aussi.

Nous marchions souvent dans les rues du village. C'était comme si elle ne changeait pas de place: un petit pas rapide et tranquille. Si une autre fille nous accompagnait, une autre fille plus grande, avec de gros seins, j'avais la désagréable sensation qu'elle ne voulait pas marcher avec nous. Je me retournais, elle était derrière, plus loin, toujours accrochée à quelque chose ou devant une vitrine qu'elle ne semblait pas remarquer.

Un jour que nous nous promenions sur le trottoir du village, Luce se plaignit soudainement d'un violent mal de ventre. Elle avait envie de vomir. Je m'alarmai, je l'aidai à monter l'escalier de l'hôtel, la soulevant, la traînant jusqu'à la toilette où elle voulut être seule. J'attendais de l'autre côté, le coeur battant, inquiète. Je voulais faire venir le docteur, alerter l'hôtelière, elle me criait: «Non! Non!» à travers la cloison. Peu de temps après, elle sortit le sourire aux lèvres. Elle n'avait rien eu du tout, elle voulait seulement voir jusqu'à quel point j'étais prête à faire quelque chose pour elle.

Nous ne parlions jamais de nos amours respectives. Elle, elle sortait avec un jeune homme romantique, buveur mais travaillant. Moi, je sortais avec un alcoolique ignorant et paresseux.

Un lundi matin brumeux, elle vint près de mon bureau et me dit:
— C'est parce que je te considère que je te le dis. J'étais à l'hôtel hier et j'entendais ton tchum dire à un gars qu'il couchait avec une autre fille en plus de toi.

Je fus très déçue. Je ne lui en voulus pas. Le tourment, je l'avais déjà, il empira. Je ressentais pour elle un sentiment de passion indéfinissable; je la contemplais.

Après, nos routes se séparèrent. De temps en temps, je l'ai revue. Elle me racontait toujours des histoires d'amours étranges. J'étais noyée dans un flot de paroles, d'événements et de situations inextricables.

Les gens du village laissaient entendre qu'elle était menteuse, hypocrite, courailleuse, lesbienne, comédienne, traître à ses amies. Moi, j'étais avide de sa conversation brillante, de sa beauté au parfum de terre noire et brune. Avec elle, je me perdais avec volupté et moquerie dans les dédales du vice des autres. À la fin de nos soirées quand, montée sur une chaise, elle roucoulait la sérénade, j'étais comblée: j'avais mon spectacle.

Vers la fin de ce jour, à Venise, je m'appuyai contre ce que j'imaginai être la muraille du pont des Soupirs, et, se sont embrassés, pour moi, dans ma tête, tous les amants du monde. Un baiser magnifique qui dans son souffle tentait vainement de transiger avec la mort. Je repensai à Luce, amante éphémère, méconnue dans Venise, à l'heure où le soleil s'égoutte dans l'eau...

Je suis revenue de voyage poursuivie par cette image. Je donnai rendez-vous à Luce au restaurant, *Le Café Parfait,* dans une petite ville près de son village. C'était le printemps, avec tour à tour, la neige fondante et le gel. Je suis arrivée sur les coups de cinq heures qui sonnaient au clocher de la cathédrale, immense mamelle qui domine la ville. Je stationnai mon auto en face du restaurant et je la vis.

Elle s'était appuyée au mur de briques brunes, les mains dissimulées dans les manches dc son long manteau de castor fauve. Ses cheveux comme une gerbe brillante de plumes d'oiseau noir, recouvraient à demi son visage de terre polie. Les lèvres ne souriaient presque pas, laissant miroiter le reflet du rire doux et perlé au fond des yeux noirs. Je la vis ainsi, luisante sous le soleil, énergique, obstinée et calme.

J'allai vers elle, clle me dit tout de suite, donnant un bref coup de menton en direction des cloches:
— Faire l'amour à deux, dans une cathédrale, c'est mon rêve! Mais les curés ont toujours voulu préserver le lieu de leurs p'tites orgies, ils barrent la porte à double tour!

Nous rîmes, contentcs de nous revoir.

Installée à la table du restaurant, elle enleva son manteau. Le vieux rose de sa robe faisait ressortir le rouge vif de ses pommettes. Ses bras nus, dodus, gracieux et beige. Ses yeux pétillants. Elle me lança:
— Bon, qu'est-ce que tu veux que je te dise pour ton scénario de film?

Je partis dans un grand éclat de rire: c'était trop direct. Je repris mon sérieux. Je lui dis:

— Tu sais, j'ai toujours pensé que les peaux sombres étaient les plus racées. Je suis attirée par l'atavisme de ces races. De nous deux, c'est toi la plus naturelle, c'est toi qui es plus du pays. Vois-tu, quand je pense aux Nègres, je vois une longue vague noire qui revient perpétuellement sur un rivage. Quand je pense aux Indiens, toi, t'es métisse, je vois des flèches élancées, des statues...

— Des statues aux gros ventres pleins d'bière pis d'cannage? Non, merci. Je n'appartiens pas à cette race-là.

Mon élan stoppa net. Elle marqua une certaine réticence. Se redressant sur sa chaise, elle dit d'un ton un peu méprisant:

— Je suis de la race de mon arrière grand-mère.

Prenant des petites gorgées d'eau, elle plissa les yeux et regardant au loin:

— C'était une pure Montagnaise qui portait le nom blanc d'Anne-Marie. Étant enfant, je l'avais déjà vue sur des photos jaunies. Un jour, elle arriva chez ma mère pour prendre soin de sa petite-fille malade. Je l'ai reconnue tout de suite: j'ai senti que c'était elle ma vraie mère. Grande, maigre, austère, habillée de noir. Un chapelet de bois pendu à son cou, le vêtement qui voltigeait autour de son long tronc maigre, elle avait un air fier et noble. Sans beaucoup de mouvement, sans expression, comme une statue. Je m'approchai de ce grand bois noir et je me blottis

20

contre elle. La vie qui semblait éteinte de l'extérieur, vibrait intensément dans cette grande stature osseuse.

À mesure que Luce parlait, je voyais se dessiner une icône sombre peinte de silence. L'arrière grand-mère qui n'adressait la parole qu'à Luce, se sachant inconsidérée par la parenté et le reste de la famille, parce qu'elle ne s'était jamais mariée et était pourtant mère de plusieurs enfants, dont quelques-uns possédaient le même père. Elle se faisait faire un petit, puis, l'homme devenant inutile et sans rôle, elle le chassait ou il s'en allait de lui-même, hébété.

Les certains jours où elle se sentait «appelée», elle dressait sa crinière racée, pointait le nez vers l'endroit d'où semblait venir l'appel, le pied droit piaffant dans la terre meuble qui se soulevait dans un nuage de poussière brune. Peu après, l'homme arrivait. C'était toujours un géant maigre avec les os qui sortaient comme des clous. Le pénis allongé, dru. Les testicules longues, gonflées et rouges comme une fraise de dindon. L'arrière grand-mère le gardait avec elle un bon quart de lune puis le renvoyait avec des grands gestes comme si elle lui aspergeait de l'eau bénite. Elle grinçait des malédictions, ses grands bras tournant comme les ailes d'un moulin au vent troublé. On ne le revoyait plus. Durant de longs jours, la robe gonflait puis un autre enfant arrivait.

Mais si l'homme revenait par là, c'était que l'arrière avait brusquement cessé tous ses gestes, s'était arrêtée. Les bras en l'air comme une grande croix de bois noire, incendiée de soleil, figée, le regardant s'éloigner avec une nostalgie tapie au fond du velours le plus sombre de son oeil de rapace. L'homme se retournait, s'immobilisait devant cette allégorie gigantesque, il observait la vague creuse qu'avait fait le vent avec sa robe entre ses cuisses. Ses yeux perdaient de leur sauvagerie. Il repasserait sûrement pour avoir la grâce de boire encore à cette source souterraine. Le plaisir de son corps d'être allongé sur elle, étreignant cette agitation sourde qui restait claire et fraîche, sans sueur à mesure de l'étreinte. À cette pensée, ses oreilles devenaient de lourds bourdons à cause de la chaleur subite qui lui montait à la tête. Il lui fallait partir. Il se faisait violence; son rôle était accompli; il ne fallait pas qu'il reste: elle l'aurait tué! Il retournait sous les mouches et la bacchante sournoise attendait l'autre appel.

Je rompis ma rêverie:
— Mais ta grand-mère alors, c'est la disgrâce, moi qui l'ai connue...

Luce faillit s'étouffer dans son verre d'eau.
— Quand je vois venir ma grand-mère sur un trottoir, je change de trottoir. Elle m'a toujours fait peur.

Je ris.

Je revois ce gros corps batracien aplati sur sa petite chaise de paille, qui pendant des heures fixait la rue par la fenêtre ouverte, avec des yeux qui se faisaient de la bile; des yeux globuleux: deux olives noires baignées dans l'huile. Elle suait à grosses gouttes, transformée en marmite bouillante par la chaleur. Elle bougeait son nez en bec de mouette pour renifler, s'épongeait la main dans sa moppe de cheveux gris, remuait les lèvres, ouvrait sa petite bouche renfrognée, laissait entrevoir des petites dents rongées, rouillées, très loin dans le trou. Elle mâchonnait sans cesse des imprécations. La petite chaise berçait.

À un instant précis, les yeux de la grand-mère suintaient la colère et fixaient davantage la rue: le grand-père était visible de l'autre côté de la track.

Petit homme maigre, tout de brun vêtu, il vacillait dans le vent saoul. Son chapeau au large rebord engloutissait son visage aride et craquelé. Il avançait lentement à petits pas précautionneux. Arrivé près du chemin de fer, il s'arrêtait net. En équilibre instable sur ses jambes flageolantes, il regardait des deux côtés avant de traverser, puis, il s'aventurait périlleusement par-dessus le premier rail et puis l'autre, faisait dix pas et recommençait le même manège bien qu'il n'y eût plus de chemin de fer, et, parvenait ainsi jusqu'à la maison.

Avant même que la grand-mère ne jetât tout haut ce qu'elle ruminait tout bas, le grand-père laissait s'échapper de sa cage tout ce qu'il avait sur le coeur:
— Tu sentirais encore la boucane, vieille crapote de

christ si j'étais pas allé t'charcher dans l'bois. Pis à part de t'ça si tu chiâles trop, j'chie dans l'lavabo!

Des éclats de rires et de voix faisaient cligner de sarcasme les yeux du grand-père: ses fils étaient là avec leurs femmes et ses filles avec leurs maris. C'était la réunion singulière du samedi soir.

La grand-mère grimaçait, étirait ses grosses pattes en arcs brisés, soulevait son énorme masse de graisse puis se traînait les raquettes sur le vieux prélart à carreaux rouges. Elle aurait ben varger sur ses filles qu'elle haïssait mais ses p'tits gars étaient là et elle les adorait.

Assis tous les six autour de la table. Six habits noirs, six chemises blanches, six chevelures luisantes de brillantine. Le teint sombre et l'oeil pesant. Près d'eux se trouvait la cousine Violette: fruit délicieux à la pulpe sanguine. Les regards sournois des fils dégrafaient brutalement la blouse tendue de Violette. La grand-mère voyait tout mais elle tolérait parce que c'était la fin de semaine et que, en semaine il n'y avait plus rien: c'était le travail qui reprenait.

Elle se décidait à servir sa bonne soupe épaisse. C'était le signal du départ des brouhahas de la conversation mêlés aux cliquetis des cuillères dans le fond des bols.

Luce piqua une cerise au bout de sa fourchette levée.

Je ne mangeais pas. Je m'asseyais sagement à la table, scrutant le gargouillis de la soupe dans le gosier de ma grand-mère. Elle grognait en suivant la conversation. Il y avait toujours une brue qui disait ce qu'il ne fallait pas dire: la louche de la grand-mère s'abattait sur une tête. Je redoutais sa colère centrifuge qui virait la maison à l'envers, transfigurait mes oncles en piles électriques qui au moindre choc, éclataient en coups de pied, coups de poing, ou se sautaient à la gorge. La vieille avait déjà dissimulé tous les couteaux dans les craques de l'armoire. Elle attendait l'heure de la bataille comme elle attendait le grand-père: en psalmodiant des impiétés: «Jésus-Christ, c'est l'heure! C'est à veille d'arriver! R'garde-les ben là!»

C'était toujours à la minute où les femmes répandaient de l'acide borique sur le plancher pour swingner un peu. Les oncles bondissaient sur la piste. Six acrobates violents et grotesques patinaient dans la poudre. Toute la maison oscillait. Le petit Jésus crucifié sur le mur se retrouvait la tête en bas comme Saint-Pierre. Le petit bonhomme du beau temps dans sa petite maison abandonnait sa place à la sorcière de la pluie. Les tantes tanguaient du salon à la chambre à coucher; la voix du grand-père se perdait dans le vacarme des barreaux de chaises. La grand-mère terrifiante, intouchable, balbutiait sur sa petite chaise.

Juchée sur la dernière marche de l'escalier tout en haut, je suivais tout dans une sorte de brouillard.

Fixant mes beaux petits bas dans mes beaux petits souliers. J'étais bien mise: une jolie robe lilas à petits pois blancs ou quelquefois c'était celle de satin couleur pêche. Mes cheveux pendaient en gros boudins souples et doux dans mon dos. Je savais que dans un moment, le grand-père brandirait sa musique à bouche, qu'il en sortirait plus de salive que de son. Une note mélancolique percerait le tumulte et un des oncles, inspiré, délaisserait la chicane et se jetterait avec frénésie sur son violon.

Cette musique me déchirait et me décourageait. Je m'ennuierais et pleurerais des jours. Je courais me réfugier dans les garde-robes ou dehors, derrière le tas de merde où l'on vidait la «catherine». On ne viendrait sûrement pas me chercher là, sauf ma mère qui me connaissant, saurait où me dénicher.

On criait:
— Où qu'est allée la sauvagesse, faut qu'a nous chante une chanson.

Le mal de ventre me torturait. Je suivais ma mère dans la maison.

Un des oncles me prenait sur ses genoux. Je chantais, crispée, une petite balle entre mes mains trempées qui dégouttaient. La bouteille de bière dans les mains, les oncles braillaient, me reniflaient dans le cou. Le toucher de leurs mains était poisseux. J'avais peur qu'ils échappent de la bière puante et collante sur ma robe et que ça parte pas au lavage!

Je regardais mes tantes qui me regardaient avec un oeil qui se dérobe mais qui observe quand même. Le même regard suspicieux et narquois que lorsqu'elles parlaient d'une fille et qu'elles disaient: «La maudite, a s'frise pis a s'en va à l'hôtel!» Je devinais la pensée de mes tantes: «Ah, p'tite Sainte-Nitouche, p'tite maudite, t'es pas épeurante, on t'a déjà vue!» Elles m'attiraient vers elles et me repoussaient comme si elles me disaient: «Viens icitte, va-t-en!»

Je ressentais du malaise dans cette maison.

Je regardais ma mère, je ne la reconnaissais pas. Je me raisonnais: c'est ta mère, elle t'a bercée, elle t'a dit: «T'étais un gros bébé joufflu, c'était pas dur de t'élever.»

Cela me redonnait la force de rester parce que ma mère portait un grand chagrin: sa mère l'avait battue et l'avait empêchée d'aller à l'école. Elle était restée silencieuse et plus tard elle avait épousé un homme qui descendait du train en marche parce qu'il ressemblait à Maranzano.

De l'admiration, j'en ai eue pour elle, le jour où elle a mérité le ruban du Mérite Agricole pour le plus beau jardin. Un gros char était arrivé dans la cour chez nous. Un homme beau et distingué, instruit, avait fait le tour des rangées de rhubarbe et de fraises en complimentant ma mère. Il était reparti tout aussi beau, distingué, instruit, laissant ma mère absente et triste.

Dans ces soirées de famille, au beau milieu de la mitraille, lorsque la musique ne servait à rien, mon père sautait dans le tas; il stoppait le sang chaud des sauvages.

À la fin de la veillée, lorsqu'on regagnait la maison, sa chemise était tachée de sang.

Quand ils dansaient lui et elle, je les regardais. Je me mettais à pleurer dans l'escalier.
— Quessé qu'a l'a la noire à brailler?
Mon père répondait:
— C'est parce qu'est jalouse!

Je tombais gênée de voir danser mon père. J'aurais voulu dire: «Non, non, vous vous trompez, ce n'est pas mon père!»

De tout temps, j'ai pensé que je n'avais pas de parents. Je n'ai jamais senti que cet homme au regard fuyant qui ne tolérait rien, critiquait tout, était mon père. Ce bohême, qui changeait de job tous les deux ans, partait dans le bois avec sa famille, la parquait, en attendant de déménager ailleurs.

On prenait le train pour Forsythe. L'ennui sous le soleil. La senteur étouffée du train. J'avais mal aux yeux. Les lacs bleus, trop bleus avec des grands pics de bois qui sortaient de l'eau tels des fantômes condamnés. Je pensais à une grande maison sur un cap de roche, avec beaucoup de fenêtres et des enfants avec des jouets qui traînent dehors.

Je me souviens bien que mon père m'amenait partout avec lui mais je n'ai pas le moindre souvenir d'une sensation.

Nous revenions au village. Il faisait sa toilette aussitôt. Il mettait son petit habit de tapisserie, se barrait le cou d'un petit taquet de lainage puis, il partait faire du taxi en minuscule petit homme, jovial et ricaneux avec les autres. Il revenait pour manger, rétablir l'ordre et il ressortait. Son père à lui, était un hystérique qui bouffait tous ses médicaments d'un coup. C'était une famille de batailleurs qui cassaient les meubles mais j'avais remarqué que jamais ils n'avaient brisé le cadre des Glaneuses de Millet, ni le superbe coq en verre qui brillait sur la table.

Mais pour cet homme, mon père, je ne ressentais aucun attrait. Je croyais qu'il n'avait pas de coeur et je lui en voulais d'aller donner son éclat ailleurs.

Luce redemanda du café à la serveuse.

Je me consolais chez la tante Jeannette, la soeur de mon père. Elle m'invitait chez elle, pour voir Zorro à la télévision.

Il y avait un chemin doux pour se rendre à sa maison, l'été. Un petit bois d'arbres feuillus qui s'arrêtait tout près d'une crique. De grandes fleurs bleues se balançaient au vent et des talles immenses de framboises rougeoyaient au soleil. Sa maison était tout en haut, grimpée sur la butte.

Je gravissais les marches branlantes. Je distinguais déjà la tante, près de l'armoire, en pied de bas. Un visage sympathique monté sur un long cou maigre, flexible. Des yeux fendus large, doux et agréables. Je ne pouvais m'empêcher d'avoir peur. Je m'asseyais près de la porte, m'efforçant de répondre poliment aux questions, toujours les mêmes, de ma tante:
— T'aimes-tu ça des galettes, toé? T'aimes-tu ça aller en bicycle?

Elle souriait. Je regardais mon émission. La maison restait toujours à demi ensoleillée.

L'oncle Médée arrivait en coup de vent par la porte d'en arrière. Épais, roux, l'oeil de lynx et les dents jaunes, il épiait. C'était un bûcheux, un colérique qui regardait la lutte à la télévision et qui se fâchait si tu ne prenais pas pour Pepper Gomez. Il parlait argent. Pour un dix cents il criait, tempêtait, menaçait de casser le pot en cristal plein de friandises sur la table.

La tante Jeannette plongeait sa longue main décharnée dans son tablier fleuri et déposait délicatement un minuscule dix cents dans la main large comme une pelle de mon oncle. L'oeil de lynx riait, cachait le dix cents et passait vivement la main entre les fesses de ma tante Jeannette qui se cabrait comme une jument rétive. Il attrapait un suçon, le croquait

30

fort entre ses dents et sortait dehors en marchant tout écartillé. Ma tante arrêtait de respirer, devenait pâle, se tassait.

Mes propres yeux me dévoraient.

Un matin, la police avait envahi la cour de ma tante Jeannette : elle était morte dans la nuit, étouffée dans sa bave.

Je questionnais les tantes : «Ben voyons, Luce, la tante Jeannette, était folle!»

Je n'ai plus retraversé la crique. Les deux enfants sont devenus fous et l'oncle Médée s'est tué deux ans après, par découragement.

À son enterrement, un autre oncle qui n'avait pas mis son dentier d'en haut, mâchouillait des insultes en pitchant des beignes par-dessus la tombe de mon oncle Médée : «M'as t'en donner quecque chose moé, tu donnais jamais rien à chez vous!»

Luce me regarda :
— C'est-tu ça que tu veux?

Un matin du printemps 1978, un cadran sonne dans une chambre confortable. Rien de luxueux, le lit en bois foncé, large, recouvert d'une peau de chèvre soyeuse. Rien sur la commode, rien sur les murs, sauf un dessin : un paysage d'hiver froid, sans ardeur. Une chambre anonyme pour deux.

Luce se réveille, les bras serrés autour du cou, comme si durant la nuit, elle avait eu peur de mourir étouffée. Elle n'arrête pas son cadran : elle ne sait jamais où il est. D'un geste vif, elle repousse les couvertures. Elle laisse glisser ses mains partout sur son corps ferme et musclé, cherchant les endroits où elle pourrait bien avoir mal. Être malade ! ne pas se lever ! ne pas quitter l'endroit le meilleur du monde ! Mais une fois réveillée, elle ne peut pas rester couchée.

Elle se retrouve sous la douche froide à se laver avec des petits gestes rapides. Elle ne pense plus, elle est gelée. À peine pense-t-elle que ce matin-là, c'est sa fête et qu'elle a 34 ans. Elle s'habille, sort de sa maison rapidement, ferme sa porte à clef, vérifie bien.

Sa maison basse, en papier de brique vert, est bâtie sur un cap de roche, enfouie sous les conifères géants et les peupliers. Les feuilles à peine éclatées miroitent sous le soleil plus embrasé, gavées de résine à l'odeur forte et obsédante. Le jour est très clair mais Luce, toujours dans l'ombre, guette de la galerie, l'oeil du petit écureuil qui s'aventure près d'elle le matin. Elle jette un regard vers l'ouest: la forêt s'étend en terrain plat. Vers le nord, les aulnes venus de loin envahissent jusqu'au chemin et vers l'est, c'est la route de gravier, désertique et raboteuse, en laveuse, pleine de trous d'eau et de petites rigoles se dégorgeant dans les fossés bloqués.

Après avoir cahoté dans cette mer en miniature, l'auto parvient à l'embranchement du chemin en asphalte menant au village. C'est toujours à cet endroit qu'elle se sent parfaitement éveillée. Elle conduit lentement, chantonnant:
«Nuit de Chine
    Nuit câline
    Nuit d'amour
    Nuit d'ivresse
    De tendresse
    Tra la li
    Allant jusqu'au lever du jour!»

C'est un chemin où la circulation est continue. Des camions montent chercher du bois vers le nord. Il y a peu de maisons de chaque côté de la route. Deux ou trois fermes où les vaches sont sorties. Les fesses

34

toutes salies par le fumier de l'étable, elles se polissent les cornes avec lenteur sur les piquets des clôtures puis se couchent pesamment, le pis étalé sur l'herbe encore jaune. Au loin, le clocher de l'église qui connut jadis une plus grande splendeur se ternit en même temps que l'espérance des paroissiens.

Sous le soleil, le village semble gai et blanc. Dès que l'on se rapproche sur l'asphalte grise, on voit qu'il n'y a presque plus de belles maisons. Ces coquettes maisons recouvertes de l'humble papier de brique rouge, vert ou bleu, cachées sous les grands saules avec des cadres de fenêtres tout blancs et clairs. L'été, la balançoire sous les ombrages, la senteur des fleurs cultivées par des mains patientes, éprises de beauté, le déploiement des dahlias rouges, des rosiers, des grands soleils jaunes courbant l'échine, retenus par des cordes aux poteaux de la galerie. Maintenant les maisons sont des jumelles sans caractère, en déclin de massonite blanc avec des rubans orange, bruns ou lilas autour des fenêtres. L'été, la balançoire est au chalet et les arbres ont été coupés pour faire un carré de pelouse égal sur lequel s'égarent des pois de senteur maigrichons. Les grands peupliers de madame Dupras, qui descendaient la côte, ont été rasés et remplacés par un parking de voitures brillantes dont les toits se recouvrent de fiente d'oiseaux amnésiques. Devant l'église, au temps de gloire d'un curé prestigieux, un immense jardin avait été planté. Les haies sont tombées, l'asphalte s'est répandue sur la pelouse amoindrie, décrépite comme une barbe mal entretenue sur un piteux visage. L'ancien presbytère a été déménagé en plein milieu du village. Les fenêtres crevées, il se lézarde et pourrit comme une plaie mal soignée.

L'auto stoppe devant un restaurant sans style.

Du temps des grands peupliers, il était de bonne dimension, paré de pierres des champs, tenu par une belle femme propre qui se démenait du matin au soir sur ses hauts talons. Ses yeux étaient bleus et ses mollets de la couleur du lait. Elle portait souvent une blouse rose en organza et elle cuisinait des plats maison. Le nom de son mari est encore sur l'enseigne qui grince tristement les soirs d'hiver au vent d'ouest. Avec le nouveau propriétaire, les pierres se sont écroulées: il a opté, lui aussi, pour le massonite; il a rajouté un couloir servant de motel, qu'il a barbouillé, comme un mauvais peintre, de rouge, de bleu, de brun. Dans le restaurant, il a installé des racoins de fausse intimité avec du faux style espagnol rouge sanglant et noir, qui est une constante blessure aux yeux. Dans la partie où est entrée Luce, la lumière est moins éclatante, tamisée par des rideaux de dentelle synthétique et noire, assombrie par la couleur verte et enfumée des murs. Les clients habituels sont déjà installés. C'est le bourdonnement régulier du matin.

— Mes oeufs, s'il vous plaît?
— O.K. chu prêt pour mon café!
— C'pas du café, c'est d'l'eau de crique!

Luce retient à chaque trois pas, le bruit de ses sandales bourgogne à talons hauts. Elle marche à

36

petits pas. Des bas courts à la cheville, foisonnés de petits coeurs rouge-bourgogne. Une jupe indienne en coton, large, beige et bourgogne. Une blouse blanche. Elle répond aux nombreux saluts, s'assoit au comptoir devant la machine à slush lemon, orange et framboise, dépose sa veste bourgogne garnie de frange aux épaules et son sac noir et doré. D'une voix un peu enrouée:

— Veux-tu m'donner un café, deux toasts au beurre de peanut, s'il te plaît?

Elle mâche vite, du bout des dents mais ses gestes sont lents et son regard préoccupé.

Un gars vient près du comptoir et comme toutes les fois que ça arrive:

— Salut teach, j'te paie le café à matin!

Ils sont tous là, les hommes qui, le dimanche, sont à la même place avec leur femme mais ne la regardent pas.

Elle sort, sans parler à personne. Elle fait le parcours qui conduit à l'école, marque une légère hésitation, fait un détour par une petite rue et s'arrête devant une maison blanche d'allure banale. Derrière, un camion est stationné. Elle regarde, paraît satisfaite puis repart.

Maintenant elle stationne son auto en face de l'école, traverse le chemin.

Croisant le concierge dans l'escalier, elle presse le pas, voulant éviter d'être secouée par sa conversation matinale. C'est une ombre blême coiffée d'un petit chapeau rond. Un sourire détruit par un dentier pris de bougeotte. Il claquette: «Allô, ça marche?» Avec un sourire contraint, Luce s'engage dans le long corridor. Toutes les portes de classes sont fermées sauf la sienne. Elle a toujours ressenti une immense solitude dans les corridors d'école. À travers les fenêtres des classes, elle repère un peu la silhouette des autres professeurs.

Ils sont tous pareils; ils affichent dans leur fenêtre de classe des grandes feuilles sur l'hygiène, payées par le gouvernement, pour se protéger contre la directrice, leur voisine de porte, un visiteur-surprise, les élèves qui passent. Ils ont peur d'être vus en train d'appliquer à grosses doses une méthodologie qui leur est chère: la MAE (la méthodologie des apprentissages expéditifs). «Tu comprends pas ce problème-là? Non? Surveille-moi bien. J'vas t'en faire un dans ton cahier. Tous les autres sont pareils, c'est pas difficile. Va m'en faire une page, j'serai fière de toi». Ça prend 30 secondes à dire ça à un enfant. Toute la journée peut se passer comme ça. Les professeurs fonctionnent assez bien dans ce système-là mais les enfants le soir quand ils attendent l'autobus, ils sont fous raides!...

Luce est adossée au mur de sa classe peinte en vert très pâle, nue, sans décor. La lumière éclaire les branches des arbres collées aux vitres. Elle a fermé la porte, il n'y a plus aucun bruit.

Brusquement, le concierge fait irruption dans la classe. Sur un ton plaisantin :
— Le ménage est correct? Ton horloge est correcte? J'ai arrangé une lumière vis-à-vis ton bureau. Tu brûles une lumière par jour. Ché pas comment tu fermes tes fenêtres, tu laisses toujours tomber les toiles. J'ai r'placé ça comme y faut.

Luce rieuse, lui met la main sur le bras :
— Tu l'sais Raynald, que je l'sais que t'es capable d'arranger mon horloge !

Raynald a un sursaut comme s'il redoutait qu'elle le touche. Saisissant la poignée de la porte, il dit très vite :
— L'aut'e, l'aut'e bord, est jamais contente. J'balaie, j'balaie, j'balaie, est jamais contente ! Bon ben, salut là !

Il sort précipitamment et court rejoindre une autre professeur. Luce l'entend dire :
— Faut toujours que j'y monte son horloge. A s'trompe toujours dans l'heure, non mais c'est vrai...

Le bruit de son commérage est enterré par le piétinement des enfants dans l'escalier au bout du corridor.

Ils entrent dans la classe, souriants, bien habillés, en bonne santé. Luce laisse glisser sa main sur des cheveux, des oreilles, des joues. De petites caresses furtives qu'accompagne son regard vif et brun.

C'est moi qui les ramasse en dénombrement flottant ou difficulté d'apprentissage ou enfance plus ou moins exceptionnelle. J'suis un bon professeur. C'est pour ça que je reste là. C'est aussi à cause des vieilles profs qui tiennent leur place à deux mains. Le temps que je vais être là, y vont sauter sur leur chaise, ça va les faire grouiller un peu. Ça m'attire, des gens qui font pitié, qui ont l'air misérable en dedans. Je reste là. Quand je vais m'apercevoir qu'ils font moins pitié que je pense, j'vais les sacrer là. Les jeunes avec. Parce que les jeunes font moins pitié que leurs éducateurs.

Taquinant doucement l'oreille d'un petit rondouillet aux taches de rousseur.

Moi, je dis que ces enfants-là ont des problèmes de coeur. L'école les écoeure, les professeurs les écoeurent, la vie à la maison les écoeure parfois. Ils sont écoeurés par les autres dans la cour de récréation.

L'enfant lui rend un sourire ébréché avec des yeux d'une tendresse mouillée et tremblotante.

Je le redis, ces enfants ont des problèmes de coeur. Je ne les hais pas moi mais je ne peux rien faire pour eux. Ils ont un programme à voir, le programme-cadre que les comités ont rempli de notions utiles. Ensuite il y a le programme intermédiaire où t'as fait rentrer en poussant, les notions dans les apprentissages de base: français, maths, sciences. Finalement, t'as un programme personnel que t'écris dans ton cahier de préparations. Ce programme-là, faut que tu passes à travers dans ta journée. T'as pas trop le temps de chanter !

Les enfants sont assis bien sagement, les bras croisés devant leur bureau. Il n'y a pas de bruit mais ce n'est plus le même silence. C'est un silence fébrile qui peut être rompu à chaque instant.

Le professeur Luce regarde les enfants. Ils sont muets et prêts à entendre. Les yeux l'observent mais parce qu'elle ne parle pas tout de suite, ils sont vite distraits, ils se promènent et voltigent tels des papillons transparents, bruns, verts ou bleus. Ils se posent à nouveau sur elle, frémissants, confiants et craintifs à la fois. Les cheveux bougent : poils de crin, bottes de paille, fils de lin. Les mains saisissent dans leur bureau une chopine de lait et ils commencent à boire en la tenant bien serrée, avec une grâce encore toute enfantine.

Ajustant ses lunettes rondes, le professeur ébouriffe ses cheveux souples et noirs.

Allons mon petit enfant, réponds-moi une réponse qui cadre avec mon livre. Emmerde-moi pas avec ta curiosité et ta logique. Demande-moi pas de preuves. Tout est dans mon livre. En dehors de ça, je suis inattaquable. Je ne suis pas présente. Je te parle de Dieu mais cherche-le pas dans ma vie : il n'y a pas de place pour lui : mes tiroirs sont pleins.
— Sortez votre livre, dit-elle tout haut. Mais on ne le

prendra pas tout de suite. Nous allons nous préparer à faire un examen de conscience pour la célébration pascale, la célébration de Pâques. On va donc aller à la confesse. On vous a pas beaucoup dérangés cette année, on n'est pas allés encore. Avant cette confession, va falloir faire un examen de conscience. C'est quoi un examen de conscience?

Les enfants boivent et se taisent.
— C'est rien! On f'ra rien! Ça vous dit rien ça, examen de conscience?
— Examen de sciences?
— Examen de sciences? Donc la conscience et la science c'est la même chose? Ah, Jésus!... Vous n'êtes pas capables de m'faire un mot de la même famille, pour vous retrouver?
— Examiner?
— Examiner, ça veut dire quoi, examiner? Ex-a-mi-ner?
— Regarder?
— Oui. Regarder attentivement la conscience, ça veut dire un examen de conscience. C'est quoi, quelque chose qui nous appartient à nous autres, qui s'appelle la conscience, c'est quoi?
— Notre-Seigneur?
— Ça nous appartient à nous autres, Notre-Seigneur? C'est quelque chose qui nous appartient à nous autres? Oui? Oui! ah, bon! Si tu penses ça, c'est peut-être ça. Je ne dis pas que Notre-Seigneur nous appartient pas. Si tu y tiens à ce que Notre-Seigneur t'appartienne, y t'appartient, c'est comme tu voudras. Mais c'est autre chose qui nous appartient à nous autres, qu'il faut examiner pour aller à confesse.

42

Quoi qu'on examine pour aller à confesse? Quoi qu'on examine? Nos pieds? Nos mains? Oui?

— Notre coeur?

— Notre coeur? Ah, bon! Ça s'en vient. Ça va être quelque chose comme ça. On va prendre notre coeur, on va l'mettre sur le bureau, on va l'ex-a-mi-ner. J'examine mon coeur! Notre-Seigneur!

— Nos yeux?

— Pardon? Nos yeux! Tout l'monde, examinez vos yeux. Vous êtes pas capables? Steve, examine tes yeux.

— Chu pas capable.

— Ben, pourquoi tu dis ça? Bon, alors, c'est notre coeur qu'on va examiner. Ouvrcz votre livre. On va débuter notre leçon en parlant de Jésus. Qui c'est, Jésus, pour vous autres? J'ai été malade, je ne vous en ai pas beaucoup parlé. Qui c'est, Jésus, Christine, toi qui aimes la catéchèse?

— Jésus, c'est une personne qui nous aide. C'est notre père, notre père à tous.

— C'est notre père? J'pensais que c'était monsieur Hardy, ton père!

— Non, c'est pas ça que j'veux dire. Jésus est puissant. Y est fait fort?

— Quoi? C'est un coffre-fort? Un frigidaire? Un truck? Ça peut être n'importe quoi!

— Celui qui nous nourrit en faisant pousser les choses de la terre? Celui qui fait la nature?

— Celui qui fait la nature. Bon, on va parler de Jésus, celui qui est supposé être tout ça. Un jour, Jésus s'en allait à la ville de Jérusalem. Il y avait des gens qui s'en allaient là pour célébrer la fête de...?

— Pâques!

— Bon, alors, il est arrivé sur une colline, il a vu des maisons, le temple, un grand palais, un château. Alors, regardant tout cela, «Jésus fut pris d'émotion.» C'est une belle phrase, on va l'écrire au tableau. «Jésus fut pris d'émotion.» Qu'est-ce que ça veut dire?

— Surpris?

— Il fut surpris, oui, pourquoi pas. On lit: «Il s'est arrêté et il s'est rappelé comment les chefs du peuple, le peuple et le gouvernement le détestaient.» Pourquoi le détestaient-ils?

— Parce qu'il aidait les autres? Parce qu'il parlait au monde pis les chefs aimaient pas ça?

— Les chefs avaient peur que les gens se mettent à faire quoi?

— Être Juif?

— Plus que ça. Eux autres, c'étaient les chefs et ils avaient peur que Jésus prenne leur place. Qu'est-ce qui leur arrivait à eux autres, si Jésus devenait leur chef?

— Y auraient pus été des chefs?

— Ils auraient perdu leur puissance, leur pouvoir, leur argent. Est-ce que Jésus voulait devenir un chef?

— Y voulait qu'ils le creillent!

— Il voulait qu'ils aient confiance en lui. Puis là, Jésus a regardé la ville et il a été triste parce qu'il devinait les pensées. Il savait qu'ils formaient des complots contre lui. Voulaient-ils le tuer?

— NON!

— Non? Y voulaient pas l'tuer? Y l'ont pas tué? Y voulaient l'tuer? Non? Oui?

— OUI!

— Mais est-ce qu'ils croyaient aux paroles de Jésus?

Pensez-vous qu'aujourd'hui, il y a des gens qui ne croient pas en Jésus. Pourquoi?

— Parce qu'y sont des malfaiteurs.

— Moi, je te dis que je ne crois pas en Jésus, tu vas me traiter de malfaiteur?

— Non. C'est parce qu'y l'aiment pas.

— L'aimes-tu toé, Jésus?

— Oui, parce qu'il fait pousser les choses de la terre.

— Si je te dis que c'est pas lui, vas-tu l'aimer pareil?

— Oui.

— Si je te dis que c'est pas lui, vas-tu me croire?

— Je l'sais pas.

— C'est grave, là, là, c'est grave! Alors Jésus veut annoncer la bonne nouvelle. Il s'adresse aux hommes où ça?

— Dans l'évangile.

— Dans l'évangile, à l'église, le dimanche. Y allez-vous, à l'église, le dimanche?

— OUI.

— Non.

— Steve, t'aimes pas Jésus, tu vas pas à l'église, t'aimes pas Jésus?

— Oui. Non mais moé, j'reste à cinq milles.

— Ah! bon, bon, toé Johnny?

— J'y vas pas souvent, le dimanche j'me lève tard.

— Bon! O.K. Si vous aimez Jésus, vous voulez pas lui faire de la peine. Si je vous dis que vous lui avez fait de la peine, est-ce que vous me croyez?

— OUI!

— Vous allez me croire?... Vous lui avez fait de la peine!... Alors on va penser à ça, on va faire un examen de conscience. C'est quoi faire de la peine à Jésus?

— Ben moé, c'est quand mon père y veut m'amener avec lui travailler pis j'y vas pas, j'aime pas ça travailler au moulin.

— T'aimes pas ça pis tu penses que tu fais de la peine à Jésus?

— Oui.

— Pis tu y vas pas pareil? Pis Jésus pleure, pis ça te fait rien?

— Oui.

— Ça te fait quelque chose mais tu y vas pas?

— L'autre fois, j'me suis assommé après des affaires.

— Alors tu préfères faire de la peine à Jésus mais pas t'assommer la tête?

— Non.

— Alors, faut que t'ailles t'faire assommer la tête, Jean-Yves!

— Ça fait mal pis j'vas avoir des bosses.

— Tu veux pas t'faire bosser la tête pour Jésus. Tu l'aimes pas? Qu'est-ce que tu fais pour montrer à Jésus que tu l'aimes?

— J'écoute ma mère.

— T'écoutes ta mère, t'écoutes pas ton père? Ouais!

— Ben, quand on se fait mal, on sacre pas, on dit: Jésus, ben merci!

— HEIN !

— Aguioye! Une jambe cassée! Merci Jésus! Faut que tu dises merci avant d'perdre connaissance. Merci Jésus. Êtes-vous d'accord?

— NON!

— Bon. Vous m'avez dit ce qui faisait de la peine à Jésus. Vous allez confesser ça au prêtre. Puis qu'est-ce qui arrive quand on a fini de dire nos erreurs au prêtre?

— On dit merci.

— Pourquoi on dit merci?

— Parce qu'y aime ça, le prêtre, quand on y dit nos péchés.

— Y aime ça, le prêtre, quand vous y dites vos péchés. T'es sûre? M'as faire une affaire avec toi. La prochaine fois, demande-le-lui, s'il a aimé ça? O.K.? On veut le savoir. Bon, quand vous avez fini de dire vos péchés, comment vous sentez-vous?

— Libérée.

— Heureuse.

— Bien.

— Moé, j'sens rien.

— Toé, tu veux pas t'faire poquer la tête pour Notre-Seigneur pis tu sens rien en sortant de la confesse! T'es pas mal pécheur!

— J'me sens mal. J'me sens mal sur ma chaise.

— T'as pas d'coussin, toi? Tu t'sentirais mieux si t'avais un coussin? Bon, vous aimez ça aller à confesse?

— OUI!

— On va vous amener à confesse. Vous allez fermer vos yeux quelques instants pis vous allez vous reposer.

Dans un bruissement léger, les têtes se penchent sur les bras repliés et les chevelures comme des feuilles, abritent vingt-trois paires d'ailes qui palpitent et se ferment.

La cloche retentit, stridente, sortant les enfants de leur douce torpeur. Ils se dirigent vitement, librement vers la porte. C'est la récréation.

À la salle de break, Luce arrive presque toujours la première, après s'être lavé les mains au lavabo et s'être recoiffé les cheveux. Elle s'assoit à la grande table rappelant celle d'un réfectoire. C'est une petite pièce au sous-sol, blanche, dénudée. Dans un coin, il y a une petite table où sont rangés en ordre, le lait, le sucre, le café, la bouilloire. Par l'unique fenêtre rectangulaire, le jour s'estompe derrière un rideau blanc opaque.

Elle grignote une pomme en feuilletant une revue Playboy et chantonne, battant le rythme avec ses pieds sans bruit.

Un professeur vient de faire son entrée, la sacoche se balançant au poignet et la tasse dans la main. Luce plisse les yeux; elle a laissé ses lunettes dans sa classe. Mais cet éclat de bagues et de breloques, cet air affairé, c'est Marie. La blouse ouverte sur ses gros seins, elle crie:
— Ça va?
— Très bien, très bien, dit Luce d'une voix nette.

Elle laisse glisser son regard sur la croupe rebondie et pleine de Marie.

Un fessier fait pour les nègres! Infidèle par goût du sensationnel. À chaque trahison, son mari doit lui payer une breloque. Quand elle n'a pas d'amant, elle suit des cours de claquettes. C'est la pénurie pour elle, ça se voit à sa repousse rayant ses cheveux roux, gras. Le teint couleur valium 5.

Luce passe la main dans ses cheveux.

Ça va pour moi, j'suis rassurée, j'peux t'écouter. Je serai pleine d'indulgence pour ton mal d'amour que tu traînes. Tu peux me parler de ton rêve de devenir danseuse en cliquant les breloques de ton bracelet d'or. Ton rêve d'être danseuse! Le costume de la Bonnie, un pompon d'rabbit dans l'cul!

— On a signé le contrat de la maison.
— J'ai fait piquer ma petite fille.
— Qui? Suzie?
— Non, non, pas ma vraie fille, mon p'tit caniche Bou-boule, je l'appelle ma fille.
— T'as tout connu de la maternité, toé, t'as eu des enfants pis là t'as des chiens!

50

Les yeux de Luce se posent froids et ironiques sur une longue perche plantée derrière Marie. Ginette, la très maigre qui fait tourner sa tasse à l'aide de son index, crochet de chair mobile, hystérique et nerveux. Elle enfonce un ongle de chatte énervée dans ses cheveux courts et ternes. Il y a toujours une poche dissimulée dans une fleur du tissu de sa robe, elle en sort un kleenex, essuie ses lunettes, nerveuse.

Ô Ginette, on peut pas mettre le doigt sur tes maladies, tu les a toutes! Grand flamant sans couleur qui traîne sa névrose le long des corridors peuplés d'ennemis. Le patiras du groupe, que son mari a sacré là, elle, qui l'endurait, lui, l'alcoolique. Un soir, il lui a pointé la carabine sous le nez en lui disant que si a continuait comme ça, y a tirait. Finalement le sans-coeur lui a laissé une maison neuve, un char neuf, pis des jeunes enfants. Il l'a laissée vivre avec ses angoisses, elle ne lui pardonnera jamais ça. Mais il lui reste une consolation. Sa consolation à elle: les jeunes hommes cochons dans l'lit. Ah! faut pas penser qu'est vieille, tous les soirs, ça la dérange pas. Ah! les hommes passionnés qui déchirent ta blouse pis qui la jettent dans l'feu du foyer! Je trouve ça, moi, injuste et incomplet. Faut rêver d'un homme qui déchire ta blouse au coin du feu mais qui t'en envoie une autre par la malle!

— C'était dynamique notre soirée pasto, hein Murielle? Elle était éloquente not'e Murielle.

— Ah, moi, la religion, ça m'apprend à m'battre!

— Contre quoi, pauvre fille, contre la religion?

— Contre ceux qui s'imaginent ben intelligents parce qu'y pratiquent pas.

Luce sourit. Le professeur Murielle n'avait pas encore dit un mot, occupée qu'elle était à déprendre sa robe rose en acrylique électrique qui s'obstinait à rester collée au fond du ravin de ses deux fesses. Malgré la courroie, ses talons gras ont toujours tendance à débarquer de ses hautes sandales vernies en cuir-patin. Cela la fait crier. Elle regrette toujours d'être criarde, elle se prend un air contrit en croisant ses bras sur le bourrelet de chair élastique qui lui sert d'appui sous sa poitrine mesquine. Elle finit par s'asseoir, les jambes un peu ouvertes, jouant distraitement avec une mèche de ses cheveux qu'elle garde d'un roux pâle.

Souvent un prof, ça ressemble à une fille de club qui se retient. Mais Murielle, elle, depuis qu'elle a suivi le Mariage Encounter avec son mari, ils s'acceptent tels qu'ils sont. Elle peut engraisser sans remords: l'horreur séduit. Je l'imagine dans son lit, la joie d'une catéchumène s'étirant en bourrelets. Elle aime le sexe mais la nudité la terrifie. *Que c'est laid un homme nu!* Pauvre fille, j'ai vu ton mari, et toi, tu n'as vu que lui!

— Y était rendu loin ton gynécologue, Luce? À Acapulco? C'était pas à Montréal, qu'y était?

— Rendue à Montréal, j'ai appris que son bureau était déménagé à Acapulco; je l'ai suivi, moi!

Celle qui maintenant fait son nescafé dans une petite tasse de fantaisie et qui y lâche délicatement ses quatre petits morceaux de sucre, c'est Laura, la grosse gueule et le pas long. C'est pas elle qui aurait une repousse: sa teinture est auburn et impeccable. Elle porte bien quand même ses quarante-deux ans. Forte et musclée mais de teint pâle, elle s'habille de gold et de noir. On sent tout de suite que si on n'est pas son amie, on est sa pâture. C'est une sorte de cataclysme à la démarche pédagogique. Elle parle argent et hommes. Les hommes aux tempes argentées. Si l'homme a de l'argent et un p'tit ventre, c'est pas grave, le p'tit ventre devient le coussin d'amour. Mais, si le porte-feuille est platte, le ventre est flasque et c'est la décadence! Je la laisse prendre son café!

— Nous autres, on est restés tranquilles en fin de semaine, on s'est couchés de bonne heure.
— Hein? T'as pas écouté *L'autre versant de la montagne?* Ah ben! t'as manqué quecque chose.
— C'est toé qui l'dis, que j'ai manqué quelque chose, hi! hi!

Céline émerge d'un nuage de fumée à travers lequel on distingue ses verres opaques, ses ongles au vernis écaillé. Luce observe sa jupe verte relevée sur ses longues jambes.

Sa vie, c'est une cigarette et une tasse de café en avant d'elle.

La cendre longue, longue, tombe sur la robe de velours jaune de Céline qui ne voit rien. Elle s'en rallume une autre avec son botch, se noie dans la fumée et dans la vision obscure de ses verres. Lorsqu'elle s'en aperçoit, elle s'époussette et la cendre secouée se répand sur la jupe de l'ensemble pied-de-poule de la directrice. Comme un caniche rusé qui a peur du ridicule, elle va tenter une observation à sa voisine à mi-voix. Elle rit très fort. À cause de son regard insaisissable, elle m'oppose un certain mutisme.

L'ensemble pied-de-poule n'a pas réagi. Les pieds bien installés dans ses souliers polis, à bouts ronds, talons carrés, elle est costaude, la directrice. Une perruque strictement coiffée, une jupe en bas du genou qui relève tout le temps lorsqu'elle s'assoit. Elle tient dans sa main un jus et distribue un sourire bienveillant à chacune. Dans son autre main, elle tient des papiers et lorsque sa jupe se relève, elle ne peut pas la baisser, alors son discours est toujours ponctué de vigoureux coups de cuisse pour faire descendre la jupe.

Elle a toutes ses dents, c'est sûr, elle articule trop bien. L'autorité carrée, magnanime, qui parle par intercom. Elle a les clefs de la gouverne, non du savoir.

— Lucie Gendron, mon élève, est partie à Montréal. A dit que c'est une étrangère qui est chez eux. A dit: «Je vais aller voir ma mère, je r'viendrai peut-être pas. » Ça fait pitié encore.
— Ah, la p'tite rousse en quatrième? Ses parents vont divorcer.
— Est gâtée, ct'enfant-là, j'ai de la difficulté avec.
— Je trouve que l'habileté de l'enfant à s'en sortir est admirable.

Je rêve souvent d'être directrice, de conditionner les élèves à l'école, de décider ce que ça leur prend. Être en même temps, la mesure pour l'évaluation, l'application de la mesure et celle qui distribue les récompenses ou les punitions: les coups de règle ou les chocolats. J'aurais mon propre système d'éducation avec utilisation méthodique de critères choisis appliqués à grosses ou petites doses. Pour être directrice, je ne fais pas le poids: faut être bâtie comme une armoire à glace; les jeunes sont rough, c'est effrayant!

— Luce, qu'est-ce que tu lis, pour l'amour?

Luce sursaute.

Quand je suis malade d'amour, j'peux pas supporter une voix douce de femme.

— J'me repais de l'horreur. Je grignote ça, de l'horreur, moé !

Personne ne sait que j'ai envie de hurler, que les vêtements que je porte me font mal, m'irritent. Je veux m'en aller dans mon p'tit coin, attendre que ça se passe. Ça fait dix ans, regarde-moi, y m'ont pas eue.

J'peux pas soulager ma rage en leur parlant deux ou trois minutes, j'aurais besoin de frapper. Moi, je n'ai rien à leur lancer au visage, j'ai pas de belle maison, pas d'enfant, et j'ai un mari qui fait pitié pour eux autres. Je ne suis pas capable de comprendre ce qu'elles disent.

Si j'essaie de leur parler de quelque chose qui est en dehors d'un raisonnement normal, contre les lois strictes des conventions, y m'suivent plus. Quand elles ont une petite faille dans leur enseignement, je ne peux pas les attaquer, elles ont des enfants. Je leur reproche de me les servir au moindre prétexte.

Un professeur se frappe les mains contre la table.

— J'sais pas c'que j'vais faire avec mon Yvan, y a d'la misère avec ses sons. Ah, j'suis découragée !

— Fais-moé ton son jusqu'à temps que tu d'viennes bleu ! dit Luce d'un ton narquois.

Devant l'oeil courroucé du professeur, elle veut être gentille, elle continue :

— Un enfant, c'est un exploiteur. C'est un suceur de sang. Y joue avec toi. J'ai jamais vu une personne plus parasite, plus dépendante, pis plus charmante en même temps, qu'un enfant. Combien d'enfants jouent avec leurs parents ? Tu penses pas ça ? Les enfants, c'est un monde complètement à part, on dira ce qu'on voudra. Comment comprendre un enfant dans l'enseignement d'un adulte ? Va donc savoir au fond ce qui le heurte, ton Yvan, au niveau des sons. Va donc savoir comment leur faire aimer les choses qui seraient profitables pour eux autres.

— Y est pas retardé, tu l'auras pas dans ta classe. Y a toutes les chances du monde de s'exprimer pis d'avoir ce qu'y veut.

— C'est ben beau, dit Luce, mais quelle est sa vraie échelle des valeurs ? C'est bien de donner à l'enfant ce qu'il veut mais, à un moment donné, ça a un impact social. Y va tu décider que c'est lui qui runne toutte ? Y va s'casser la gueule.

— Est à veille de m'dire que c'est un perturbé qui a des problèmes de coeur !

— Tous les humains ont des problèmes de coeur ! lance Luce d'un ton emphatique. On s'en sortira jamais. Mettons que les enfants perturbés affectivement, on dit que ce sont des perturbés parce qu'eux autres ont les mêmes problèmes que les autres mais y ont probablement moins de mécanismes de défense pour s'en sortir. C'est rien qu'ça.

— J'accepterais pas que tu dises ça des miens, toé !

— Qu'est-ce que tu ferais pour résoudre le problème, toé professeur Luce ? Tu ferais des heures supplémentaires, sans être payée pour penser à ça ?

— J'fouillerais partout pour trouver, dit Luce avec froideur.

C'est le seul moment où j'ai envie qu'elles m'acceptent et me comprennent. C'est une bouée que je leur tends. Si elles me comprenaient, je les accepterais avec toutes leurs maudites bébites. Elles pensent toujours que je veux leur nuire. Elles ne m'intéressent pas, je ne veux pas leur nuire ! Elles sont ignorantes et esclaves de leurs petites idées. Elles grimacent. Je n'accepte pas leurs reproches. J'essaie toujours de faire un pas vers elles. Peut-être pour me justifier.

Si je leur disais que dans ma classe, il y a un enfant que je déteste. Il est écoeurant. Pourtant c'est le plus propre et le plus beau. Il a l'air d'un enfant qui se masturbe : je ne suis pas capable de le regarder. J'ai de la misère avec lui, il sent que je le déteste. Il n'y a pas un professeur qui comprendrait pourquoi j'ai mal au coeur de lui : il est trop beau, trop propre, il n'a rien d'apparent. Je ne suis pas encore assez spécialisée pour savoir où qu'y bloque. Ah, ça, ça m'intéresserait ! Je vois bien que dans tel secteur de l'intelligence, dans tel casier, ça marche bien, mais là, il y a blocage. Pourquoi est-il situé là ? Faudrait que je cherche partout.

Pour elles, je suis un très mauvais professeur. Je perds mon temps à me promener dans les corridors, à chercher des disques, à fouiller dans les livres, j'écornifle!

Les professeurs bousculent mes enfants dans l'escalier parce qu'ils descendent sans surveillance, elles les poussent!

L'école élémentaire, c'est un monde fermé où toute la journée, les femmes respirent le bruit des enfants et où les enfants respirent les complexes des enseignants.

Je suis fatiguée de me défendre contre elles. Mais je reste dans ce petit monde peut-être pour avoir le plaisir de le voir s'écrouler un jour!

J'ai envie que quelqu'un me berce.

Le soleil de quatre heures devient plus jaune et se mire dans l'eau des rigoles. Sortir de l'école, fermer la porte sur les préoccupations bruissantes et tapageuses, marcher dans le silence de la rue.

Luce a changé de visage. Sa peau est chaude et ses yeux rayonnent d'une passion douce et camouflée. Ses narines se dilatent à l'odeur mouillée de la terre en promesse d'amour et elle sent le long de ses cuisses le chatouillement d'une multitude de petites fleurs du diable. Connaître l'exaltation d'un soir doux et savoir qu'irrémédiablement, il se fanera, cela lui est une constante et intolérable pensée.

Reniflant l'air, elle dit tout haut: «Il est là, je sais qu'il est arrivé, je sais qu'il est là!»

Machinalement, elle embarque dans son auto, retourne chez elle, grignote du bout des dents, elle prend sa douche et repart à la tombée de la nuit, les cheveux comme le soir et la robe écarlate.

Mouche à feu ardente qui apaise d'une main frissonnante son ventre gonflé de papillons de chair et de sang, battant des ailes, ranimée d'un désir qu'elle croyait enfoui si profondément au lointain d'elle-même, qu'il ne ferait jamais plus surface. C'était une émouvante surprise de s'apercevoir que son désir guettait, à l'affût, tout proche, qu'il n'était pas mort comme une sauterelle attrapée dans l'huile sans avoir pu donner de son miel.

Elle stationne son auto dans une petite rue. L'hôtel qu'elle fréquentait avant a creusé un trou de cendres en plein milieu du village. Maintenant c'est l'autre, un bloc de briques, un ancien magasin. Si dans la vitrine aux rideaux sombres, il n'y avait pas le petit fil rouge lumineux qui écrit avec folie le mot danseuses et qui l'efface, et qui trace à la hâte une topless affolée et tortilleuse, la biffe à son tour, et marque simplement spectacle, s'il n'y avait pas ce petit crayon électrique démoniaque, on passerait tout droit, sans même regarder.

L'espace d'un instant, en ouvrant la porte de l'hôtel, un rectangle de lumière tamisée a échancré la nuit, la robe rouge a valsé comme une flamme, la porte s'est refermée.

La musique pénètre dans les oreilles, harcèle les talons qui se lèvent et se baissent d'une façon rythmique et persistante. Il n'y a personne sur la piste de danse. Se dirigeant vers le bar où sont entassés plusieurs clients, Luce se hausse sur un tabouret, plongée aussitôt dans un nuage de fumée condensée et stagnante. Au fond de la salle, à gauche, il y a le stage. Sept spots rouges incendient les murs tapissés de papier rouge phosphorescent. L'orchestre embrasé frappe les cymbales qui explosent en étincelles blanches. Comme un serpent d'or, le saxe ondule une chanson triste qui se glisse et s'enroule autour du coeur de Luce et le broie comme une fleur de frénésie.

Au-dessus de la table de pool, la lampe blanche vacille, éclipsant les visages des joueurs, ou les éclairant d'une lueur blafarde et enfumée. Un de ces visages vient de sortir de l'ombre. D'un coup sec et adroit, le joueur a cogné sur une boule et toutes les autres ont roulé dans tous les sens.

La lumière illumine des cheveux comme de la mordorure, un visage hâlé un peu émacié. Il contourne la table et Luce examine le dos musclé, les épaules robustes, la taille mince et les fesses petites, serrées dans des jeans délavés. Elle se détourne pour cacher son regard égaré au fond de son verre, mordillant la paille qu'elle rejette aussitôt.

Je le sentais qu'il était là. Je ne pourrai jamais oublier la senteur de cet homme qui m'a fait jouir. L'homme de cuir, la senteur de la feuille, de l'écorce, de l'arbre. Qui m'a fait jouir un soir farouche, sans

63

même me connaître, me regarder, me découvrir, me palper. Me pétrissant seulement les fesses, pénétrant avec ardeur mon vagin surpris par son premier orgasme inattendu et éblouissant!

Elle écrase une autre paille entre ses dents.

Il a des yeux différents. Il doit sûrement y avoir autre chose, quelque chose d'autre. Pour justifier ma chasse, il faut qu'il y ait autre chose!

Au moment où Luce se détourne pour le voir encore, le jeune homme l'a aperçue et ses yeux la fixent ardemment.

Elle n'a plus sa belle maîtrise, elle replonge son regard dans son verre et fait de l'articulation mentale: elle se raisonne.

Je me compare aux autres femmes, maîtresses de maison, maîtresses d'elles-mêmes. J'aurais voulu être cela mais je suis maîtresse d'école et maîtresse d'autres hommes. Ça ne m'intéresse pas d'être comme elles et ça ne m'intéresse plus d'être comme moi! Je suis à la recherche de l'homme idéal. Mais ce n'est pas en ayant des amants que je peux trouver l'homme idéal. Il faut que tu t'arrêtes parce que tu t'écoeures.

Elle observe les hommes accompagnés de leur femme, appuyés au bar. Ils ne sont plus curieux de leur parler, de causer avec elles. De les regarder. Les femmes nerveuses tirent sur leur cigarette et rient très fort. Lorsqu'elles parlent, elles ont une voix nasillarde et pointue. Ces éclats de voix blessent la mélodie d'un slow.

Ces hommes-là font mal l'amour à leur femme. Mais ce que je reproche à ces femmes, c'est qu'elles ne me font pas rire. Je ne les trouve pas drôles. Il y a des femmes que je trouve belles; les hommes ne les regardent pas.

Dans les yeux des hommes, s'immiscent des éclairs de convoitise en pénitence: leur regard est oblique, ils louchent.

Soudain, Luce la voit, elle, la gogo, la strip-teaseuse, juchée sur ses ergots, en face d'elle, de l'autre côté du bar. Elle ne l'avait pas aperçue, myope, et emboucanée comme elle était. Les longues jambes se dressent graciles et gracieuses mais pâles comme des chandelles de dépanneur. Une petite bande-lette rose dérobe des seins microscopiques. Le joueur de pool est venu derrière elle, prendre sa cigarette à elle, la danseuse. Tirant une bouffée, il embrouille le regard chaud et pesant qu'il pose sur Luce.

La danseuse a un sourire de vierge heureuse et Luce a l'impression que le nuage qui flotte au-dessus de cette pâleur va se changer en tornade et qu'elle va être aspirée comme une vesse de carême au plus profond des cieux !

Je déteste les femmes. Elles sont, durant la chasse, une perte de temps. Je gaspille de l'énergie à les éli-miner. Je n'accepterais pas d'être remplacée par une gogo ou une waitress.

L'homme retourne à la table des joueurs et au bout d'un long moment la fille se lève. Elle marche d'un pas long, en pliant légèrement les genoux, à la manière, avec un peu l'allure, d'une girafe domesti-quée. Elle en a les longs cils, faux ou vrais, qui voi-lent à demi de grands yeux rassurés qui virent à l'ambre.

Luce s'attache un carcan au cou: jamais elle ne se retournerait. Mais elle sait bien que l'autre est là derrière, près du joueur, à la table de pool, qui susurre !

Quand une femme m'offense, je la tuerais ! Ah, l'envie que j'ai eue de tuer des femmes ! Ah, le carnage que j'ai fait! Cela ne me dérange pas les femmes qui emploient leur corps comme argument, si elles le font d'une façon subtile. Mais il faut qu'elles jouent comme il faut. Si je consens à la jeter en bas de son petit banc, elle, l'insipide, faut que j'aie une bonne raison, sans ça, je pourrais me reprocher de jouer mal moi aussi. Les gogos, en compétition avcc les gogos! C'est terrible! Qu'est-ce que je vais faire? Va-t-y falloir que je me déshabille et que je saute sur le stage? Ça serait l'horreur au grand complet.

Parce que le barman fait signe à la danseuse que c'est à elle de grimper sur le stage, Luce se retourne comme tout le monde pour la voir partir de la table de pool et se diriger vers l'orchestre, les bras pendant raides le long de son grand corps rayonnant de blancheur dans la demi-nuit rouge.

L'orchestre entame un air connu. La fille reste là, les bras ballants.
— C'est pas son air, c'est pas là-dessus qu'a danse!
— Nancy, c'pas ton tour! tonitrue le barman. Quelle heure qu'y est don là? Excuse-moé, j'pensais que c'tait ton tour.

Le gosier de Luce s'agite sans arrêt. Son rire comme les cordes remuées d'une contrebasse, s'échappe en volutes graves. Elle pose la main sur sa bouche

qui s'arrondit et ressemble à un petit bec de serin.
Elle s'adresse au barman :
— J'connais les gars pis j'connais la chanson, j'vais y
aller, moi !

Elle glisse de son petit banc et d'un pas lent va
vers le stage. Ses cheveux pendent dans son dos
comme la queue d'un grand geai. Passant près de la
table de pool, elle fredonne à l'oreille de l'homme qui
se détourne et sourit, les yeux envoûtés.

Le saxophoniste lui fait de grands gestes, elle monte sur le stage avec une souplesse ailée, saisit le micro
d'une main sûre. Les bruits s'arrêtent. Les yeux sont
braqués sur cette peau noire qui fait penser aux
touchers défendus dans la nuit. Ses yeux sont caress-
sants et redoutables. Sa voix basse surprend comme
le bruissement d'un bel oiseau sortant subitement
d'un buisson. La robe rouge flamboie dans la mare
nuageuse et stagnante.

Ils sont dans la chambre d'Alain, dans la maison blanche d'allure banale. Il a accroché au mur sa veste et son chapeau de cuir. Ils restent silencieux; les animaux ne font pas de bruit, retirés dans leur tanière.

Il s'est assis pour enlever ses bottes si serrées, que les nerfs de ses bras vigoureux ont sailli lorsqu'il a forcé. Luce a enlevé ses bottes aussi. Toute petite, elle s'est avancée tout contre lui et elle a commencé à lui enlever sa chemise.

Il semble contrarié qu'elle prenne les devants. Un pli se creuse entre ses sourcils fins. Mais il reste les bras ballants, parce qu'elle le couvre de baisers partout sur la poitrine et qu'ensuite, elle prend des petites mordées là où elle vient de caresser. Il aime ces cajoleries; sa peau douce tressaille. Il se sent déjà trop à l'étroit dans son pantalon. Prestement, il l'enlève et il apparaît tout nu, le pénis opiniâtre, relevé jusqu'au ventre. De sa main gauche, il fait sauter un à un les boutons-pétales de la robe écarlate. De sa main droite, il explore la courbe des fesses. Les seins jaillissent ronds, durs, haut perchés. Les tétins boursouflés d'orgueil se dérobent, gigotent comme deux petits fruits noirs et glacés. «A pas d'tette, se dit Alain, va falloir que j'morde.» Il se sent électrisé.

Luce lui caresse doucement les épaules.

Il faut que je sois timide et gênée. Ça s'explique pas. Je me sens toute petite, parce que c'est l'homme. C'est un ange et un homme. Ça me fascine les hommes et les anges. Jamais dans ma tête, je n'ai coupé le pénis d'un homme, jamais. Que le pénis fasse partie de l'homme, ça ne me gêne pas. Mais peut-être que j'ai peur que ça s'mette à bouger, que ça devienne quelque chose de trempe.

Elle regarde les yeux gris-vert qui la guettent. J'attends de lui qu'il me fasse accepter que son pénis dégoulinera par amour, que c'est beau tout ça. Sinon, je deviens incapable d'être témoin de cette chose. S'il me convainc, je peux tout faire et je lui donnerai toutes les permissions du monde. Coucher ensemble quand c'est pas par amour, c'est un enchevêtrement de grenouilles, pouah!

La main rude et brusque la tire par les cheveux et la renverse sur le lit, pensées et cul par-dessus tête. Les dents mordent comme celles d'un chien qui joue et la tête roule comme une boule de fourrure épaisse

70

et chatoyante. Le pénis allume le feu au ventre. Elle sent son derrière galoper avec les jambes d'un autre cavalier. Une douleur brûlante, attendue, qui châtie le corps. Ah oui, qu'il lui fasse mal, cet homme des bois, cet ignare, cette bête, cet animal, qu'il lui fasse mal, afin qu'elle ait sa récompense! Que la douleur disparaisse, qu'elle soit suspendue, ni chair ni pensée, en extase d'elle-même, qu'elle jouisse!

La cire de la bougie se répand sur la commode. Il s'est endormi, le visage comme un bronze, ses cheveux baissés en désordre sur son front. Silencieusement, avec précaution, Luce sort de dessous les couvertures. Elle a sans doute dormi un peu ou elle a perdu connaissance, elle ne sait plus.

Elle enfile un bas, puis s'arrête, les mains sur les genoux.

Il y a dans tes yeux, quelque chose de l'enfant charmeur, quelque chose d'innocent. Quand t'es couché sur le dos, tu m'intéresses, mais après l'amour, tu n'es plus le même homme.

Elle attrape l'autre bas, réfugié sous l'oreiller. Elle a envie soudain, de se le rentrer au fond de la gorge jusqu'à ce qu'elle devienne bouffie comme sa grand-mère. Comme ça, elle pourrait bafouiller sans offense à elle-même.

Elle jette un regard obscur sur l'homme. Je t'donnerais un coup d'pied sur le museau pour que tu rampes parce que t'es bien et naturel et que moi je ne le suis pas!

Elle s'est dirigée vers la porte toute habillée, elle est revenue lentement vers le lit et après s'être déshabillée à nouveau, elle s'est recouchée, les yeux ouverts sur le plafond livide.

Te quitter sans que tu souffres, ça ne se supporte pas. Je voudrais que tu te réveilles et que tu souffres de me voir partir.

Le sommeil est un mur. Elle regarde les larges mains aux longs doigts. La poitrine qui se soulève à peine. Le silence pèse et l'aube grise se lève à travers le rideau dérisoire.

Luce se rhabille vitement, essoufflée tout à coup. Il doit bien y avoir quelque chose dans toé qui me permettra de te délaisser. Autrement ça ferait trop mal. Il faut que j'étouffe la fascination, tout de suite!

Elle tremble de tout son corps lorsqu'elle embarque dans son auto. Une bruine tenace se colle aux vitres. La senteur de l'hôtel et de la cigarette est restée imprégnée dans ses vêtements. Elle roule lentement, traverse le village qui se dessine dans l'aube blême.

Son coeur cogne d'une angoisse retenue. Elle se met à parler haut comme toutes les fois que la peur devient intolérable.

J'ai peur de qui? J'ai peur de ma belle-mère: la mère de mon mari. Jamais elle n'a fait de péché. Maintenant qu'elle est morte, j'ai encore plus peur, parce qu'elle a tous les pouvoirs, il n'y a plus de barrière, elle peut tout contre moi. Je suis sa proie. Je ne peux pas lui raconter des menteries, elle me voit, après elle va me punir.

Quand j'ai un amant, c'est son image à elle qui me poursuit. Je redouble d'attention. Je roule pas vite en char: elle en sait assez pour me faire scraper la gueule! En arrivant à la maison, faut pas manger, elle peut m'empoisonner. Je suis hantée par le souvenir de l'oeil dans la tombe. Mais elle, qui est au ciel, il est si haut le ciel, il n'y a pas une longue-vue pour la gang, c'est pas vrai. C'est son fils qu'elle veut protéger. Elle m'a déjà dit, un jour qu'elle m'avait attirée dans sa chambre, assise sur le lit conjugal: «Tu n'es pas faite pour notre maison.» Cela m'a incitée à me marier avec son fils.

Mon mari. Le mari, c'est la maison propre. Le mari, c'est la position dans le village, c'est le nom. La peau lisse d'enfant contre laquelle il fait bon dormir dans des draps nets.

Une peau lisse d'enfant, ça m'excite pas. J'ai besoin de sortir, d'aller chercher ailleurs ce plaisir défendu. Défendu parce qu'il l'ignore, je ne veux pas lui faire de mal, il est trop bon. Soyez convaincue, chère belle-mère, que si je suis avec quelqu'un, c'est que votre fils est en sécurité. Si ça allait mal chez nous, je ne resterais pas ailleurs.

Je n'ai pas un mari protestataire. Si j'étais trois semaines sans rentrer, c'est à moi que je ferais mal. Lui, s'il ne rentrait pas, je serais déçue.

Je m'étais faite à l'idée d'un mari dirigeant, je me suis trompée. Je ne me demande plus pourquoi il n'essaie pas de me retenir. Il ne tient pas à moi tant que ça.

Je suis dépendante de mon mari. Vivre avec lui, c'est une torture. Il m'a toujours fait subir des situations inquiétantes. Il lui arrive toujours des accidents, des morts, des machines hors de prix, qui deviennent dans ses mains, des jouets. Il est sur la brosse quatre, cinq jours, avec $500.00 dans ses poches. Je ne sais pas où il est.

Je me suis demandée depuis toujours s'il m'aimait. Si mon mari me faisait mal dans le ventre comme il me fait mal dans la tête, je ne chercherais pas d'amants.

Le lit de mes amants est plus chaud que le lit de mon mari. Je compte les heures où je suis bien avec lui. Depuis dix ans, ça dure. Chez moi, je peux aller me reposer quand je suis fatiguée de courir.

Mon mari me dit qu'il va mourir les veines bouchées par le cholestérol, de très bonne heure. Je ne peux pas me l'imaginer vieux, laid, ivre, marmonnant. Heureusement, il va mourir jeune!

Luce arrive devant sa maison. Les grands cyprès ont l'air d'une menace épouvantée.

Si mon mari n'est plus là, la maison, je ne l'aime plus. Tout ce que je possède, je ne le veux plus. Je suis persuadée que ça arrivera un jour. Mon mari ne sera plus là. Ça hante mes nuits et je suis toujours seule.

La lumière du fluorescent du poêle éclaire faiblement la cuisine simple, sans recherche, garnie de jolis objets. Luce va se laver les mains et longe, sur le bout des pieds, le couloir qui conduit à sa chambre.

Elle a gardé son manteau et à genoux près du lit, elle secoue son mari endormi.
— J'suis arrivée!

La masse tiède de sommeil grommelle et se retourne sur le ventre.

Lentement, comme si elle voyait ses propres gestes exécutés par une autre, elle enlève son manteau, se déshabille et entre sous les couvertures, très loin de lui, tout au bord du lit. Les yeux ouverts dans le demi-jour triste, elle a un sourire fatigué.

Oui, j'ai un ange gardien. C'est la seule sécurité que je possède. Il me protège sûrement. Un ange cornu, ben oui! Un ange cornu, c'est un ange. Un mouton noir, c'est un mouton! Mon ange, il a les ailes épaisses, épaisses, en plumes légères, blanches, blanches. Il vole partout, partout. Il est si tendre. Il est beau, sans aucune erreur. Il me guette toujours dans les yeux. Parfois, je lis du désir mais c'est tout. Il me donne des massages parce qu'il sait que j'aimerais être frottée. Il sait que petit bébé, j'ai souffert d'une solitude terrible, personne ne m'a frottée, ne m'a huilée.

Elle referme ses yeux, avec un pli au front. Mon ange n'a connu qu'une femme : sa mère. Jamais, il n'a connu d'autre femme.

Emmitouflée dans son anorak rouge et ses mitaines à frange avec du lapin blanc, la capuche garnie d'une queue de loup cachant à demi son visage brun, comme un bel animal emprunté, accroupie dans la neige qu'elle fait voler en petites poussières scintillantes, elle ne savait pas quoi faire. Elle préférait rester là, à regarder les grosses mottes blotties mollement comme des lièvres blancs sur les longs rameaux des sapins. Ils étaient venus, elle et Alain, sur son territoire de trappe.

On avait tourné plusieurs fois les feuilles du calendrier, on s'était arrêté maintenant au paysage d'hiver où les enfants patinent sur un étang gelé, avec les grandes personnes immobiles entre l'église et la maison illuminées. Luce jouissait toujours du même amant. Elle l'avait gardé comme on garde un manteau de fourrure: précautionneusement, faisant tout pour pas que ça s'use.

Elle avait su de lui les choses extérieures. Il courait les bois. Quand il ne courait pas les bois, il était mécanicien. Il aimait jouer au pool, en buvant de la bière avec des amis. Il adorait la musique, le juke-box, il se droguait et il restait innocent.

De temps en temps, elle fumait avec lui. Elle se mettait de la ouate dans les oreilles, pour écouter la musique de loin. Elle sut le caresser comme un beau chat sauvage : il s'alanguit. Il arrivait de travailler tout sale, il résistait à se laisser laver, il cédait : émue, elle le frottait, elle le lavait, elle le massait. Une belle serviette spongieuse, avec les fesses d'un homme, trempées dedans, c'est beau.

Il n'y a pas eu la moindre parcelle de sa peau qu'elle n'ait mordue après l'avoir sentie. Elle fut douce et tendre mais incapable de lui chuchoter : « J'aime la peau de ton corps, la forme de tes yeux, le creux de tes aisselles. » Elle l'obligeait platement : « Là, j'veux m'en aller dans l'lit, parce que j'suis ben tannée ! »

Après l'amour, lui, couché sur le divan, elle, toute petite, assise sur un coussin, elle lui racontait des histoires en lui tirant les oreilles s'il semblait distrait. Elle l'avait tout observé, tout senti et lorsqu'il s'allumait une cigarette et que son corps bougeait châtoyant de velours, elle devenait sérieuse, pleurait et se disait que l'amour physique, l'attachement pour la rencontre sexuelle, est finalement éphémère. Que le tendre du coeur est donc loin à toucher !

Le connaître, c'était percer un chemin dans la forêt. Peut-être son âme était-elle piquée à la cime d'un arbre, telle une étoile frissonneuse ou, au contraire, était-elle enfouie sous les aiguilles d'un grand pin, frimassée et froide?

À la fin du chemin long comme un éternel hiver, il y avait peut-être la plaine mouvante où les âmes capricieuses pour l'amour, se trouvent et s'unissent au creux des épis blonds. Mais dans l'histoire qu'elle se racontait, le prix de cette extase était lourd à payer. L'étreinte amoureuse se poursuivait dans la houle des fils d'or jusqu'à ce que le soleil tombe dans la mer jaune. Lorsque le ciel noir recouvrait les amants, leurs esprits et leurs corps à jamais réunis vivaient un bonheur plus grand que tous les paysages, si grand qu'ils suppliaient le destin de les en délivrer. Et le destin si cruel, subitement, les changeait en loups hurlants, leurs deux âmes vides tournées vers la lune rousse, qui de sa rondeur trop pleine, laissait échapper des gouttes de sang, allumant le feu à la langue des loups qui pendait haletante, insatiable, dans la rosée brûlée.

Elle regarde Alain. Descendu au bord de la rivière, il marche vite dans la neige, tel un chevreuil léger sortant d'un nuage. Ses cheveux brillent comme le feuillage de l'automne sous le soleil.

Il lui fait un signe de la main. Il veut lui montrer une loutre qui s'est prise au piège et qui est encore vivante. Le visage de Luce se contracte, elle se détourne pour ne pas voir cette loutre superbe, toute

ruisselante, qui gigote bravement pour se sortir de l'eau et se déprendre du piège :
— Laisse-la aller, laisse-aller !

Alain la dévisage, incrédule. Lorsqu'elle affecte cet air suppliant moitié-femme, moitié-enfant, il se trouve tout décontenancé.
— A va s'faire r'poigner, a va mourir ailleurs, dit-il, d'un ton rude.

D'un coup de bâton sec, sans bavure, il achève l'animal et le libérant du piège, il le charge sur ses épaules. Passant près de Luce, il lui dit, la lèvre retroussée par un demi-sourire, qu'elle juge carnassier :
— Si t'es pas le plus fort, a t'arrache les gosses, penses-tu que j'pouvais y laisser une chance ?

Il s'engage dans les traces qui mènent au chemin, la belle fourrure de la loutre ondulant sur son dos à chaque pas.

Elle le laisse avancer seul, mettant de la distance entre elle et lui, pour l'examiner, le regard méfiant, le sourcil froncé. Elle ne s'explique pas ce noeud qui frémit dans son ventre, qui tressaille jusqu'au creux de son estomac, qui ressemble à un violent désir d'amour, en même temps qu'à une certitude que ce désir ne sera jamais contenté. Elle se dit tout haut :
— J'ai horreur de dire à quelqu'un que je l'aime, j'dis jamais ça.

Il a mis l'animal dans sa besace, dans le coffre-arrière de l'auto. Le silence appartient à Luce. Elle ne peut pas lui dire: «Je ne comprends pas pourquoi tu ne l'as pas laissée libre pour moi. Seulement pour me faire plaisir. Être le plus fort, c'eût été ça. Les hommes ne sont jamais fantaisistes de cette manière.»

Il conduit avec habileté. Il fume, il a l'air sûr de lui. Son nez aquilin de beau métis, ses lèvres minces qui semblent oublier tout de suite le goût du baiser. Ses yeux s'allument vite, brûlent, se refroidissent et chassent continuellement. Il fredonne, les yeux dans le vague du chemin. Il sait que sa voix est belle et profonde et qu'à un moment donné, Luce rompra le silence en l'accompagnant, attendrie par la voix et captivée par la chanson.

Le chemin continuait quelques vingtaines de milles au nord, la neige s'étendait sur un terrain plat long-temps, jusqu'à l'horizon bossu de collines chétives. Les nuages blancs, en légères stries, faisaient la roue comme la queue d'un paon et le soleil pâle accompagné d'un petit vent sec se divertissait à ouvrir ou à fermer cet éventail.

Ils s'en allaient chez les parents d'Alain. Luce n'avait jamais franchi la porte de cette maison qui apparaissait en bas de la côte, après un brusque crochet de la route, dans une baisseur, cachée par les remparts de neige.

L'auto est dans la cour et Luce n'a pas envie de quitter sa tiédeur. Elle regarde par la vitre et voit une porte sombre, des chiens qui aboient, des raquettes plantées dans la neige piétinée. Alain lui ouvre la porte en sifflotant, la tire par la main et l'entraîne vers la maison.

— C'est un temps pour jouer d'la guitare, dit-il.

Il ouvre la porte, la pousse et Luce tombe dans l'obscurité. Elle entend des «salut, salut,» des rires bas. Ça sent la pomme de terre. Elle a envie de retourner courir dans le soleil. Ses yeux s'accoutument peu à peu à une pénombre brune. Un faible rayon de soleil qui pénètre par une fenêtre exiguë, recouverte d'un plastique, étire une raie de poussière lumineuse jusque sur les ronds du poêle à bois où la chaleur qui émane fait frissonner dans la lumière ténue, une fleur rose de la céramique.

— J'te présente môman, dit Alain.

Un visage âpre, le nez comme un trognon de chou piqué de petits points noirs, les lèvres épaisses, sèches, les mains crevassées. Luce frémit. Elle force son sourire à s'allonger comme une pâte à modeler.

— V'nez vous chauffer, dit la mère.

La voix est douce et calme. Alain rit.

— Attends, j'ai pas fini les présentations. Lui, c'est mon frère, Jean-Yves.

Une face d'ours, pleine de poils, qui s'incline, avec deux grosses pattes qui tiennent une cruche et qui versent le vin grenat dans les tasses de granit blanc, sur la table.

— Ma belle-soeur Lucille et ses deux enfants.

Luce va serrer la main délicate qui se tend et reste figée devant les longues dents carriées. Les enfants ont de grands yeux étonnés et la bouche ouverte.

— Pis ça, c'est mon père.

Elle ne peut réprimer un mouvement de recul. Quelque chose a bougé dans le fouillis de linge accroché à des clous, derrière le poêle, dans la noirceur. Un tas de linge et de chair humaine, assis sur une bûche. Un grognement comme celui d'un chien enragé attaché avec des chaînes aux pattes du poêle. Luce tend une main obligée vers cet amas de guenilles qui sent le «gouffre» et le jus de pipe. Elle écarquille ses prunelles. Deux sourcils emmêlés comme de la broche piquante à la tuque de laine. Deux yeux égarés. Un pif de géant, une gueule en forme de goulot, des doigts agrippés à la cruche serrée entre les cuisses. Luce est sûre que l'ogre va croquer sa main qui tremble. Un crachat mou, bien dirigé, vient s'échouer dans le crachoir juste à ses pieds. Elle a du mal à cacher son dégoût.

Alain rit, lui presse le bras et la conduit à une chaise berçante en face de la table où sont assis les autres.
— L'père est ben saoul, ricane Alain.
— Comment ça marche la trappe?
— Bof!

La mère couve son fils du regard. Ses yeux sont pleins d'appétit mais lorsqu'ils se posent sur Luce, ils scrutent, ils ne se détournent pas. Comme une envie de faire connaissance.

Un malaise s'empare de Luce. Elle a mal au coeur. Ses yeux immenses cherchent à percer les trous d'ombre. Elle ne distingue pas d'autres fenêtres que celle par où entre la faible clarté. Les autres sont cachées par des rideaux qui pendent comme le linge accroché aux clous sur tous les murs. Une horloge tapageuse tire minute après minute au-dessus de la table. Trois fusils sont accotés contre le mur de la porte. Deux grosses poutres de bois équarries à la hache traversent le plafond. Un abat-jour de plastique orange pend au-dessus de la table de la cuisine. Luce se berce, gardant sur son visage un sourire pétrifié. Planer. Planer pendant des minutes. Ne pas être tout à fait là. Avoir la sensation de se soutenir dans l'air, au-dessus d'eux.

Le frère parle avec Alain et elle n'entend pas les paroles qui sifflent entre les poils. Elle tient son regard fixé sur les cheveux clairs du prince blond de cette caverne.

La mère d'Alain a pris la petite fille sur ses genoux. Elle suit son dessin en la taquinant, en lui prenant des pincettes aux joues.
— Voyons, mémère!

La fillette se dégage du coude et continue avec candeur, son dessin à la gouache. La mère, les yeux rivés sur Alain saisit le petit sein de l'enfant.
— Dis-lé à mémère, ça fait-tu mal quand ça pousse? Hein? Dis-lé à mémère?

L'enfant se tortille, le pinceau dans sa main levée.

— Voyons mémére, arrête!

Le rire gras de la mère. Ses dents longues et larges. Son petit oeil safre déborde d'adulation dans l'oeil ironique de son fils Alain. Son gros doigt va chercher et presse davantage le petit sein à peine visible.
— Dis-lé, réponds, ça fait-tu mal quand ça pousse?

L'enfant gémit, se dérobe et s'en va. La mère cligne des yeux en riant et en croisant ses fortes mains sur la table.

Luce rencontre le regard d'Alain enflammé, rutilant comme une luciole de verre dans cette opacité de caveau à l'odeur étouffante.

Brusquement la mère se lève et va vers l'armoire.
— Bon, faut que j'm'occupe de mes légumes, moé là.

Ils sont déjà tous lavés, tous empilés. Elle travaille un moment en silence, avec joie, son dos carré, penché, la hanche épaisse appuyée sur l'armoire, elle abat son couteau sur les légumes d'une main adroite et rustre avec un pouce d'assassin.

Elle observe Luce, le regard en-dessous, la jaugeant, la reniflant.

«Si j'étais une bête, elle essaierait de me sentir le cul!» se dit Luce.

La mère sourit comme si elle avait compris. Elle se baisse pour prendre un chaudron dans l'armoire du bas, évasant son derrière ample et large sous la jupe. Les cuisses rugueuses et fortes surgissent un instant.

Je l'attellerais après la charrue, je lui botterais le derrière et elle serait contente.

— Chu t'allée danser avec Juliette, la femme à Léo, hier au soir. On a eu un fun noir!

Luce sursaute.

'Quoi, il lui arrive de sortir de cette tanière obscure, de ce sombre terrier malodorant? Il lui arrive de circuler parmi le monde, de traîner dans la nuit, dansante sur ses gros pieds raboteux, sa laideur et sa senteur de patate? Si je vivais un siècle avant, je trouverais à cette femme, une mansarde sous les combles, quelque chose pour pas qu'elle me dérange. Je serais juste, j'oublierais la charrue, je la mettrais au rang des domestiques: dans la cuisine ou au jardin. Je suis prête à lui fournir les gants de coton et la petite main de fer. De temps en temps, je l'inviterais à prendre le thé au salon avec moi, à manger des biscuits. Je me sentirais tout à fait bonne, c'est pourquoi je pourrais la supporter. Sinon, elle serait inacceptable. J'ai une raison d'être fine avec elle. J'ai une raison de la trouver pitoyable. Parce qu'elle est très laide. Si, je lui fais la faveur de me pencher sur ses horreurs physiques et mentales, si je l'écoute, si je la regarde dans les yeux, je crois qu'elle devrait m'être perpétuellement reconnaissante. Elle devrait m'être reconnaissante si je m'occupe d'elle.

Elle ne sera jamais à mon écoute. Elle n'apprendra jamais rien, parce qu'elle se sent plus fine que les autres. Elle ne pose jamais de questions : c'est une sorte d'ignorance. La lumière ne se fera jamais. Cette femme, je la prendrais comme servante. Une femme laide, c'est une bonne frotteuse. Quand on a besoin d'elle, elle est heureuse, elle est comblée, on a besoin d'elle ! C'est sa raison de vivre. La faire frotter, c'est lui donner une raison de vivre.

Le poêle ronronne mais le froid persiste. Comme une impression que le manger ne cuira pas. On a allumé la lampe mais elle n'a réussi qu'à creuser des tunnels de ténèbres autour.

Luce se sent glacée jusqu'à l'intérieur. Glacée et chiffonnée. Elle est tombée dans un tableau obscur. Cela ne peut être réel. Elle ne peut être visible dans ces portraits de paysans. Elle ne peut pas grouiller dans ce panier plein d'êtres misérables et d'ombres mouvantes.

Elle surprend le sans-gêne du regard de la mère:
— Ousqu'y est ti-gars, là? Ti-gars, es-tu en haut, dis-lé?

Un rire sourd descend du grenier. La mère a un grand sourire.
— Garde-lé, y est là, là. Va l'trouver! Y attendait, garde-lé, va l'trouver!

Luce sent que les barreaux de sa chaise ne tiendront pas au rythme qu'elle se berce. Elle lance un regard désespéré vers la porte qui mène dehors, vers la nuit en liberté. Un rugissement retentit derrière le poêle. La peur la projette dans l'escalier qui monte au grenier. L'échelle encombré de vêtements et de bottes qu'elle gravit avec misère, pour échapper au sort immuable du tableau.

Elle a seulement changé de taupinière. Elle ne distingue rien. Le froid la saisit tout entière, elle va geler sur place.

Brusquement, une main encercle sa cheville. Un anneau de chair qui l'immobilise, lui fait perdre l'équilibre. Elle pousse un cri, étouffé aussitôt par une main qui clôt sa bouche, qui renverse sa tête en arrière, sur une poitrine nue. Luce suffoque. La main relâche doucement, glisse sur la gorge, les doigts furètent dans les ouvertures de la blouse, tâtent les seins tout plissés par la froidure, déboutonnent, détachent, baissent. Puis, plus rien.

Luce se retrouve toute nue, toute seule, sans appui, les jambes emprisonnées dans son pantalon abaissé sur ses bottes. Elle n'ose pas faire un geste, elle n'ose pas avancer les pieds. Où est-il? Elle ne le voit pas mais elle sait qu'il est là, tout proche. L'odeur de la lotion à barbe, la respiration forte. Il la chasse. De quel côté va-t-il l'attaquer? Il doit sûrement entendre les battements de son coeur. Il ne la laissera pas dans ce vide. Son ventre bat comme une aile, ses seins tremblent. Elle halète. Il rôde.

Soudain, elle sent son pubis enclos par la chaleur du souffle. Il ne l'embrasse pas, il respire tout près seulement. Elle veut s'ouvrir, s'offrir, elle ne peut pas écarter ses jambes à cause de son pantalon. Le dos arqué, les mains sur les hanches, le ventre arrondi, tendu, elle pousse de toutes ses fesses frémissantes vers cette langue qui doit venir.

Elle voit. Elle voit des peaux suspendues au plafond. Des peaux de jeunes bêtes écorchées, suintant le sang sur du papier journal étendu par terre. Des plaintes de vent ululent dans les lézardes. Le frimas colle des formes de lune dans la fenêtre.

Le souffle se rapproche. La langue fouille. Et c'est l'eau, le feu, le vent, les arbres à l'envers. Il l'emporte sur le matelas, la darde furieusement sans finir de lui enlever son pantalon.

Luce revient lentement de l'abîme du plaisir, tapie dans la noirceur, étalée sur le matelas.

Alain cherche dans son pantalon, la cigarette bien méritée. Il fait craquer une allumette et les yeux de Luce sont éblouis par une autre flamme qui s'impose à elle comme une hallucination.

Je suis jeune et c'est l'été. Entortillée dans ma petite jaquette, je suis couchée dans la forme creuse de mon matelas. Je respire avec angoisse. J'ouvre les yeux : les flammes se dessinent sur le mur sombre de ma chambre. Le feu, le feu de forêt ! Ma terreur de l'été. J'entends le hennissement des chevaux sonnant l'alarme, les sabots qui claquent sur le gravier. Je cours à la fenêtre.

Le feu est à un demi-mille derrière la maison. Le vent roule des boules de flammes sur la tête des arbres qui s'embrasent. Mon père est en bas dans la cour, forçant les chevaux qui se cabrent, refusant de se faire atteler, les quatre fers en l'air, leur crinière noire échevelée dans le ciel.

Je retourne dans mon petit lit où je transpire au point où je rêve de me liquéfier, de me transformer en mare d'eau. Je ne veux pas partir. Les bagages essentiels sont dans la charrette. Moi, je dois abandonner mes bébelles et mes autres petites jaquettes. Je ne veux pas partir avec les parents, le feu ne me libère pas, ce n'est pas mon choix. J'étoufferai là. Avec mes poings fermés, je frotte mes paupières pour sauver mes yeux du mal. Je tombe malade.

Un petit phare lumineux au-dessus de ses yeux: Alain tire sur sa cigarette avec volupté, allongé sur elle, la chair tout amollie.

Elle ne bouge pas. Elle ne veut pas qu'il pense qu'elle veut recommencer. L'envie de chanter lui vient. Mais pas une chanson pour l'homme, une chanson pour l'amour, parce qu'après l'amour, il y a toujours des endroits qui font mal, qui n'ont pas été touchés. Et recommencer à faire l'amour, ce serait le dire. Plutôt mourir que de le dire.

— À quelle sorte d'homme, tu rêves? murmure Alain.
— À un homme protecteur, répond subitement Luce, d'une voix basse et rauque, avec un accent de petite fille. Un homme, qui toute la journée est protecteur, tu penserais jamais qu'il te ferait l'amour. Il est tellement protecteur que t'as l'impression de vivre en état de chasteté avec ton père, tu penserais jamais qu'il peut t'offrir ça. C'est pas un homme érudit, très brillant, philosophe, un peu nuageux. Non, j'ai pas besoin d'être comprise mentalement. L'homme idéal,

c'est peut-être l'homme avec beaucoup, beaucoup de physique et moyennement intelligent.

— Moé, chu quoi?

— Toé, t'es mon amant primitif, répond-elle avec un petit rire, se dégageant de ses caresses.

Si, de par le monde, il existe un homme intelligent et en plus aussi bon dans le lit que cet amant, et, que je l'aie manqué, la panique me saisit. Ça ne se peut pas. Cet homme n'existe pas. Qu'il soit beau, que j'aime la couleur de sa peau, que j'accepte sa famille, qu'il travaille, et que je le manque! Je ne me le pardonnerais jamais! Je ne peux pas faire de cet homme le but de ma vie, parce que si je ne le trouve pas, je vais *tomber dans terre.*

Elle se lève et à tâtons, se dirige vers la fenêtre. Un cheval avec des ailes effilochées s'est embarqué sur un nuage et galope à toute allure vers la lune cristallisée.

Ils sont revenus une autre fois dans ce rang de campagne perdue. Il n'y avait personne à la maison, sauf le vieux qui se mourait dans la chambre en bas. Il était vieux, il traînait; c'était devenu une vieille habitude qu'il se meure, de temps en temps.

C'était dimanche. Il planait une odeur de sucre à la crème et ils étaient en haut, dans le grenier, emmaillotés dans l'amour, Luce criant et râlant de plaisir, pendant que le vieux hurlait à la mort.

Dans le délire de sa joie, elle ne comprenait pas d'où venait ce grondement caverneux qui semblait lui être soutiré du tréfonds de son vagin. À un moment où le cri atteignait son paroxysme, elle entendit Alain qui disait: «C'est l'pére!» et qui la quittait précipitamment, le pénis énorme se réflétant sur le mur, tel un mat ballotté par la vague de l'ombre, à la lueur haute et dense d'un grand cierge.

Elle referma ses cuisses de chair de poule sur sa vulve trempée, luisante et chaude. S'enveloppant dans un drap blanc, elle descendit rejoindre Alain.

Le vieil homme était à moitié dévêtu. Ainsi privé de ses haillons, il ressemblait à un animal à qui on aurait arraché la fourrure. Sa peau morte, tendue et sèche, semblait vouloir se déchirer à chaque respiration sifflante et douloureuse. Les cheveux écrasés par la fièvre comme du foin pourri sur l'oreiller. Un souffle de vie tenait encore à lui.

Luce trouvait qu'il avait la fièvre verte des mourants : son air était déjà embaumé. Elle n'avait pas peur, elle avait chaud. Elle ruisselait, entortillée dans son drap blanc, les joues en feu, les yeux de braise, assise sur une petite chaise droite, à côté de la porte de cette chambre. Elle se sentait trop vivace pour être touchée par ce vieillard triste et véreux.

Alain n'avait pas mis sa chemise, il était torse nu, s'affairant autour du père. Sa peau mate, douce, lumineuse. Ses yeux inquiets, ses lèvres molles, ses cheveux épars. De temps en temps, son regard un peu surpris accrochait celui de Luce. Le désir zigzaguait dans son vagin avec violence. Si elle ouvrait le drap et se montrait à lui, elle était sûre qu'il la coucherait brutalement sur le plancher, qu'il lui finirait l'amour et qu'elle pourrait aller dormir dans sa maison à elle, loin du cancer et des rideaux violets.

Mais il n'avait rien tenté, restant au chevet de son père. Elle était repartie durant la nuit, les cuisses mouillées et le coeur solitaire.

Plusieurs jours s'étaient écoulés sans qu'elle ne le revît. Lui, ne donnant aucune nouvelle, elle crut que le vieux s'était retiré pour de bon et elle se tint loin des tristesses du deuil.

Avant-hier, il l'avait rappelée, la pressant de venir le voir dans le logement de la maison blanche au village où il demeurait avec un couple: un ami et sa blonde.

Elle conservait une grande réticence envers ces amis, depuis ce midi où ils avaient mélangé sans la prévenir, une certaine petite poudre avec ses patates pilées et son persil, et qu'elle s'était retrouvée, durant une séance de la directrice dans sa classe, les deux pieds s'empêtrant dans la poubelle, pour faire diversion, pour empêcher les mots catholiques de s'infiltrer dans les petites têtes innocentes.

«Non, non, faut pas qu'elle leur rentre ça dans la tête!»

Elle avait eu juste le temps de voir l'oeil courroucé de la directrice qui lui disait avec colère: «Vous vous conduisez comme une hérétique!» et d'entendre les rires étouffés des enfants, avant de s'affaler de tout son long derrière son pupitre.

Elle alla quand même le rejoindre chez ces amis. L'odeur qui flottait et la langueur joyeuse des yeux lui révélèrent qu'ils avaient fumé tout l'après-midi. L'oeil d'Alain lui lança une risette comme s'il l'eût quittée la veille. Luce restait sans parole, sans manière. Comme s'il n'existait rien entre eux. Elle se sentait vidée. Elle ne voulait pas planer, devenir insensible, elle s'efforçait de demeurer présente pour tout ressentir.

Aucune émotion ne faisait surface.

— J'vais t'préparer un sandwich, dit la fille.

Une fille plantureuse, blonde, au visage enfantin et délicat. Elle se leva. Vêtue d'un baby-doll rouge éclatant, elle circulait à l'aise dans la cuisine. Les yeux de Luce s'abaissèrent et son regard resta collé sur une paire de fesses énormes, des montagnes de chair ferme, remuantes, balançantes. Des fesses dans lesquelles un amoureux enfouit son visage et perd sa moustache. Elle regarda furtivement l'amoureux: il les connaissait par coeur, c'était évident.

Les deux hommes étaient préoccupés par autre chose, de l'autre côté du frigidaire. Luce s'avança et regarda dans la boîte de carton, par terre. Un grand épervier s'écrasait dans le fond de la boîte, ouvrait le bec, cherchait de l'air, ses petits yeux pénétrant je ne sais quelle illusion. Alain le souleva et il se mit à crier des petits cris perçants avec ses yeux, ses ongles, sa gorge. Il ouvrait l'aile et la rabattait avec fracas.

— Pourquoi, s'exclama Luce. Qu'est-ce qu'il a?

— J'l'ai tiré, j'l'ai manqué, dit Alain en riant.

— Mais ça s'mange pas!

— Non, non, c'est pour le trip.

— Y's'meurt, y va mourir!

— C'est sûr.

Alain montra le trou de la balle sous l'aile malade, déposa l'oiseau qui ouvrit tout grand son bec muet, s'affaissa dans le fond de la boîte, la grande aile rabaissée.

— Vous êtes écoeurants! vociféra Luce. Y était en bonne santé, cet oiseau-là. En bonne santé et plein de liberté. Vous n'aviez pas le droit de lui enlever ça. J'suis écoeurée ben net! J'm'en vas d'icitte!

Elle s'élança vers la porte. Alain lui barra le passage. Il la regardait mal à l'aise.

— Va t'en pas d'même. T'es ben excitée!

Elle le trouva piétineux, dandineux. Pour atteindre la porte, le pas qu'il lui fallait franchir était large comme un océan. Elle retourna à la cuisine, se laissant choir sur sa chaise, elle se mit à manger en sapant beaucoup, les mains tremblantes, son sandwich aux tomates, salade, mayonnaise.

Alain se rapprocha, se tenant sur un pied, la hanche trop délicate appuyée sur la table.

— Tu vas pas l'empailler? dit-elle, d'une toute petite voix.

Il ne répondit pas. Il avait commencé à se rouler un joint lentement.

Le regardant droit dans les yeux :
— J'm'en vas à New-York.
— À New-York ? Pour voir ton Américain ?
— C'est ça, pour voir mon Américain.
— Toé, tu pars toujours sur des lyres.
— Non, non, j'ai envie d'un voyage, c'est tout.

Il tenait ses yeux baissés et continuait de rouler son joint.

Luce planait au-dessus d'eux.

L'ami d'Alain tenait sa main plongée dans l'abondance charnelle du postérieur de sa petite amie qui frétillait comme un phoque.

Les hommes se fatiguent vite de voir mourir un épervier.

Un billet pour Montréal. Suspendue dans les airs, emmurée, immobile sur son siège d'Air Canada.

Demander un verre, poliment. S'efforcer de lire. N'exécuter que les gestes essentiels. Tourner la page, prendre une gorgée, croiser ou décroiser les jambes. De temps en temps, passer la main sur ses joues, toucher le menton rond du bout des doigts puis reprendre la pose. Surtout, ne pas bouger. Être immobile au point de pouvoir mourir tout doucement terrifiée, sans que personne ne le sache.

Remettre la revue dans la petite poche, appuyer sa tête sur le dossier du siège d'Air Canada, fermer les yeux et penser qu'on a déserté New-York.

Pouvoir être un homme et pouvoir raconter que ce voyage de quatre jours à New-York fut une brosse monumentale. N'être qu'une femme et dire que pendant ce voyage de quatre jours à New-York, on a vu flou de très longs instants!

Le premier jour, ne pas perdre l'équilibre. Puiser avec lucidité dans ses réserves nerveuses. Faire disparaître le côté pauvre de sa personne, qu'il n'existe plus. Que seul ressorte le luisant et qu'il brille!

Se pailleter d'illusions, jouer à la femme du monde avec beaucoup de plaisir et d'excitation, endosser le costume du personnage spirituel, vif, gai, appétissant, exotique.

Se laisser embrasser avec aisance par l'ami américain, riche Juif italien aux cheveux clairs et frisés, à la gueule de chien racé, qui retourne manger des hot-dogs dans les quartiers pauvres afin de ne jamais oublier ses origines de démuni.

Transportée hors de son propre monde dans le monde très important de l'illégalité de nationalités étrangères. Un monde habitué à se maintenir en surface. Des gens très sympathiques, chaleureux, reluisants. Des mouvements aisés, faciles. La beauté musicale d'une langue étrangère. L'absence de la peur.

Rayonner. Devenir le ver luisant.
— My girl friend is an indian princess. Psychology's teacher. She lives around James Bay! She is a very special woman. She is a star! She is a real funny girl!

Manger avec cinq ou six hommes intuitifs, bien habillés. Charmer son propre oeil. Sentir l'argent. Voir le vin couler. Chanter. Sortir de la boîte à

104

surprise un «O solo mio», en italien. Voir le regard piquant des Italiens s'engourdir comme une mouche dans le sirop!
— You have a very, very interesting girl friend! so attractive!
— If I couldn't stand wine, I should not drink!

Se déployer la gorge à force de rire. Se laisser aller à l'ivresse d'être entourée. Éblouir constamment ces hommes qui ne sont pas simples.
— J'ai dit à mon docteur de m'bourrer d'pilules, que j'en pouvais pus, que j'étais au boutte! Y m'a dit: «Je ne vous en donne pas, faut vivre ses émotions.» Je lui ai craché à la figure!

Écouter ces messieurs rire de son accent chantant. Renverser son verre. Rire par mégarde. S'excuser de ne pas être tout à fait distinguée mais ressentir souverainement le plaisir de se moquer!
— Jamais j'crerrai que vous êtes en train de m'saouler pis de m'droguer pour m'embarquer dans traite des blanches! Vous m'auriez pas pris dans la trentaine! À moins que vous manquiez d'indigènes!

Se dévêtir seule avec Jay. Être nue et contempler sa propre toute-puissance dans l'émerveillement d'un homme puissant. Allumer tous les feux de son corps. Bouger aux bons moments. Soupireuse, simuler le vertige des soupirs.

Dans les toilettes, seule l'espace d'un instant, réaliser que l'on peut donner l'illusion d'être, que l'on ne peut pas être l'illusion. Le vide complet, presque la perte de conscience.

Le deuxième jour, *sniffer de la neige* sur des draps de satin rose. Être menstruée, exemptée de faire l'amour.

Le troisième jour, être dans New-York, c'est comme se retrouver dans un cirque, malade de boisson. S'engloutir dans les cinémas, dans les restaurants, dans les magasins. Fuir la foule trop dense, le ciel trop haut. Se cacher dans un cinéma, la langue pendante devant l'écran. S'endormir à la quatrième représentation du même film.

Converser.
— Jay, New-York, c'est comme un cirque. J'adore les cirques. Dans mes rêves, je me vois dans un cirque avec mon père. Mon père me perd toujours dans le cirque. Je suis perdue. Mon père a toujours le corps des amants que j'ai connus. Quand j'étais petite, il vendait des chevaux. Je n'ai jamais eu peur des chevaux. Quand il m'a délaissée pour mon frère nouveau-né, je me suis éloignée. Jamais plus je ne suis venue à sa rencontre. Quand il ne s'est plus occupé de moi, j'ai eu peur des chevaux. Ils se cabraient devant moi, j'ai failli être piétinée. Les chevaux ne m'aimaient plus.

Errer de magasin en magasin. Marcher vite dans la rue. Prendre conscience du linge que l'on porte. Aimer se faire dire de belles choses sur le linge que l'on porte. Marcher avec Jay dans la rue. Surprendre des amoureux qui s'embrassent.

— Jay, oh Jay! quand j'étais petite, toute petite, un homme à la senteur horrible m'a jetée par terre. Il m'embrassait sur les dents. J'embrasse jamais. J'aime pas.

Reluquer des couples d'amants homosexuels qui bâillent.
— Look Jay! Pour avoir l'air viril, l'homme aime le sport et la boisson. Quand y veut montrer sa féminité, y s'agrafe des seins pis y s'met des talons hauts! Moi, j'ai de l'attrait pour les hommes grands et minces. C'est un critère de beauté chez les homosexuels. Les longs jeunes hommes tendres qui n'ont pas fait l'amour depuis un an, ça me fait paniquer. Je pressens l'assaut masculin pour eux autres. La diète aidant, le premier venu aura le morceau. C'est une question d'arriver au bon moment. Après, c'est l'habitude. Une femme, c'est pareil. Qu'elle tombe sur une autre femme meilleure dans le lit que son mari, elle va devenir lesbienne. On peut pas se sortir de ça.

Ne plus vouloir penser à ça.

S'exclamer devant la vitrine d'une librairie contenant des montagnes de livres.
— Les anciens auteurs, ceux qui s'égaraient dans l'amour sublime, c'est beau, c'est ben écrit. J'aime les livres sur la mafia, les guerres, les horreurs. Je suis fascinée par les Juifs! Je suis certaine que dans un cataclysme mondial, personne ne me verrait trembler. Le monde sauterait à côté de moi, le monde capoterait dans un asile, moi, je fonctionnerais là-dedans,

avec un héroïsme et un stoïcisme rarement vus. Je serais bien moi, j'ai un coeur de sacrifiée.

Je veux lire tous les livres de monstres. J'aime le laid et le monstrueux. Il y a toujours ce côté pitoyable qui m'attire. Je suis prête à devenir bonne et à accorder mon attention. Je recevrais de la reconnaissance. J'aime les monstres mais je suis éprise de la beauté jusqu'à devenir monstrueuse si l'on m'en prive. Que l'on remercie Dieu que je ne sois pas née reine!

S'arrêter, amusée, devant une boutique de tissus. Folâtrer parmi les soieries, les velours, le pur coton. Se frotter à la magnificence.

Pénétrer seule, dans le bric-à-brac de l'arrière-boutique. Stupéfiée, devant six petits mannequins de plâtre, nus, portant perruques rousses.

Mais t'es vivante, toé! T'es Marie. Marie, Marie, Marie! T'as pas ta canne à pommeau, ton chapeau haut-de-forme, t'as pas mis ta p'tite boucle noire pour te t'nir le cou! La tête va t'tomber, Marie. Danse, danse, va vers la droite, va pas trop vers la gauche, tu pourras pus r'venir.

Oh, mais c'est pour ça que j'aime les livres d'horreur, vous êtes toutes là, je vous reconnais, sottes ambitieuses! Quand j'vous vois gravir l'échelle sociale, grimpées sur vos ergots, j'rêve de sépulcre! Moi, vous m'écoutez parce que vous savez qu'avec mes mots, j'peux vous détruire. À cause de mon travail, j'ai de la valeur et j'ai du pouvoir. Allez, baissez vos têtes! Que je vous imagine quêtant vos hosties à l'église, le dimanche. Je suis dans la nef, en train de faire l'amour avec un beau jeune mâle, pendant que vous zuzotez vos oraisons. J'ai chaud mais je vous vois grelotter quand vous chantez: «Seigneur, donnez-nous un coeur nouveau!» Relevez vos têtes! Ah, que vous avez pas de taille! Vous tombez droite, ça m'perturbe!

Murielle, Murielle, toi qui te relèves toujours après l'amour. Tu manges des toasts pis tu parles à ton chien! Ben non, on se r'lève pas toujours. On peut se r'lever au bout de cinq minutes, enragées noir. On peut rester couchées, mourir d'une crise cardiaque. On se r'lève pas toujours! Peut-être, quand on a des enfants comme vous autres. Ça m'a toujours étonnée de voir jusqu'à quel point vous êtes persuadées que la maternité vous rend vraiment femmes. Pourquoi, vos enfants rendus grands, tombez-vous amoureuses de vos petits caniches ou de vos gros danois aux babou-nes pendantes et baveuses et reprenez-vous, avec eux autres, le même langage inarticulé et débile?

T'as parlé, Thérèse? Ah, oui, soeur Thérèse, c'est sûr que l'école, ça perturbe les enfants, c'est sûr qu'on n'est pas assez compréhensives, c'est sûr... mais... Voyons Thérèse, purge-toé, fais-toé sortir le ver missionnaire, les enfants, y ont pas besoin de toi, y viennent à l'école parce qu'on leur crée une vie sociale, c'est toutte, Thérèse!

Oui mais, c'est qui, qui va leur apprendre les fractions, les expressions fractionnaires, les divisions à trois chiffres, la conjonction, l'interjection, les propositions subordonnées...?

Si tu demandais, Thérèse, à tes élèvres d'écrire une phrase au tableau, une phrase qu'ils choisiraient, sais-tu ce que tu lirais? «Pitié, nous l'avons mise vivante dans lc tombcau, point d'cxclamation.»

Ah toé, Céline, frise-toé les cils! Et dis-moi pas que ton mari et toi, vous êtes en amour! Y sort pas, y boit pas, y s'couche à neuf heures. C'est de l'excès, Céline! C'est pour faire du mal avec toi, c'est de l'excès, Céline! Dis-moi pas que vous allez venir chez moi, en amour tous les deux. La panique m'étrangle! Je suis mal! J'suis malade! Les réjouissances, le party familial, j'étouffe, c'est la crise cardiaque. Pense à mon coeur de sanguinaire, Céline, il aime les situations étranges, les orages, les tempêtes. Ça me fatigue de penser que j'peux faire l'amour en même temps que toi!

Laura, tu pousses mes enfants dans l'escalier. Tu dis qu'ils n'ont plus de respect et tu les pousses dans l'escalier! Tu m'en veux parce que je suis différente de vous autres et moi je vous parle pour que vous me pardonniez d'être différente.

Ginette, Ginette, baisse ta perruque devant tes yeux, la vie est trop cruelle pour toi! Quand tu t'es mariée, tu disais que tu convolais en justes noces avec l'homme-idéal. J'ai couru à l'église. Fallait voir ton oiseau! Des cheveux gras, c'est pas appétissant et c'est laid. Les ongles sales, la peau huileuse, c'est pas l'homme-idéal. Voyons, c'est Notre-Seigneur ou Jeffrey Hunter, l'homme-idéal, parce qu'il est sur l'écran! Non, non, personne de vous n'a vu l'homme-ange. Vous savez, moi, j'ai trop vu l'image de l'homme parfait, le loup du cinéma, pour ne pas trouver dans la réalité, votre grand amour ridicule. J'ai senti tout cela dans les cinémas. Vous n'avez rien senti? Moi, j'ai senti. Je sens. J'ai senti pendant longtemps, longtemps, ben des minutes, ben des heures, ben des jours.

— May I help you?

Se retourner vivement vers un Jay inquiet. Puis se retourner vers les petites poupées de plâtre. Se mettre la main devant les yeux :
— Du moment où tu t'avoues que rien n'existe, les monstres s'effacent.

Je vous ai assez vues, femelles pétrifiées, j'pars en congé définitif!

Le quatrième jour, fuir le miroitement de New-York. Convenir que ce voyage en fut un de protestation.

Je suis mécontente. En Abitibi, je suis maîtresse d'école. À New-York, il n'y a plus d'Abitibi. Je suis pauvre. Au fond, je suis un professeur banal qui vit dans un rang et qui a des amants. À travers les autres professeurs, je me reconnais des aspects et ça me perturbe. Si j'étais plus belle qu'elles, si j'étais hors d'atteinte, si j'étais au-dessus de ces sphères, je ne serais aucunement dérangée.

— Mesdames et Messieurs, veuillez attacher vos ceintures, nous atterrissons dans quelques minutes...

Luce enfonce son petit crayon dans le fond de son sac. Elle saisit la serviette en papier sur laquelle elle a écrit tout le long du voyage, la plie en dix morceaux et la glisse tout au fond à côté du crayon. L'avion se pose avec un peu trop de brusquerie sur la piste de l'aéroport de Val D'Or.

Le bruit feutré que font les voyageurs avec leurs bagages.

Le jour est bleu et clair. Elle descend les marches de l'escalier qui la relie à la terre ferme. Une odeur de commencement d'été frais. L'émoi d'être entière et vivante.

Elle traverse vivement la salle d'attente de l'aéroport où elle reconnaît beaucoup de visages mais aucun qui n'est venu pour elle, à sa rencontre. Sortant par l'autre porte, elle fait signe à un taxi qui met du temps à démarrer. Le soleil tape sur le cuir chevelu.

Elle voit quelqu'un s'avancer vers elle, lentement avec une allure nonchalante, un gracieux balancement d'épaules. C'est Alain comme une bouffée d'air chaud s'exhalant d'un tas de foin. Luce le suit, les jambes toutes molles.

Le camion jaune clair avec une porte peinturée bleue, qui pompe l'huile, qui est tout déformé par les bosses, comme dessiné par une main malhabile, gruge le chemin en asphalte neuf. Il est vieux, les freins débandaient, Alain l'a rafistolé, temporairement, à la dernière minute, pour avoir un moyen d'aller la chercher à l'aéroport.

Luce descend la vitre, appuie son bras sur le rebord et se laisse porter cahin-caha, grisée, renouant avec tendresse, les liens avec le paysage tout simple, les arbres petits et raides, la vaste étendue et le vent qui arrive de loin, ininterrompu, qui laisse un goût de chaleur dans les boucles sombres entrelacées. Ses paupières se plissent et son regard brille. On dirait que les corneilles au vol lourd et bas, en passant, ont effleuré d'une aile, son oeil noir et reluisant.

Elle sort de son sac un petit singe en fourrure brune et douce, le pend au rétroviseur. Regardant Alain avec ironie :
— Un lapin déguisé en singe.

Il sourit, content, détendu. Il sent bon. Il porte un gilet serré, d'un vert doux comme une feuille nouvelle. La même couleur qui se reflète dans ses yeux. Et ses cheveux sont jaunes comme la touffe d'un jeune tremble mordue par le gel.

Il sent l'envie de faire l'amour et Luce sent la contagion. Elle pense qu'avec lui c'est toujours la même chose. Jamais le temps de penser, de réfléchir.

Il pose la main sur ma cuisse et ma vulve s'ouvre comme une rose au solstice d'été. Mon souffle devient court entre mes lèvres entrouvertes. Rien, rien que l'envie de laisser aller ma tête par en arrière sur le siège, de me faire prendre, de me faire brûler, de me consumer... La passion dévorante qui pénètre par tous mes orifices...

Alain freine brusquement. Luce voit trouble, elle ne sait plus très bien où ils sont rendus. Elle a anticipé le moment où Alain lui fera l'amour, ce soir, ou cette nuit. Elle attendra, c'est tellement bon d'attendre.

Ils sont devant une station d'essence. Alain est descendu prendre de l'essence, est entré dans la station et revient vers le camion.
— Y fait chaud, j'ai les joues bouillantes, dit Luce, encadrant son visage de ses petites mains.

116

Alain lui tend une clef. Il est calme, sans sourire, obstiné, têtu, avec une flamme rouge qui danse au fond de ses prunelles vertes.

Luce se dirige vers les toilettes, elle ouvre la porte avec la clef, regarde derrière elle pour voir Alain marcher vers la toilette des hommes.

Elle se rafraîchit les joues avec de l'eau froide, se lave précautionneusement les mains avec un petit savon du Plaza Hotel de New-York. Elle enlève ses petites culottes qu'elle fait disparaître dans son sac, laisse couler l'eau dans le creux de sa main et s'asperge le pubis, délicatement.

« Il a besoin de moi, tout de suite. Et je suis contente ». Elle s'entend parler tout haut et reste insensible devant ses yeux fiévreux qui la dévisagent dans le miroir.

Alain frappe un petit coup et entre vitement. Luce le regarde, les yeux agrandis par une surprise rieuse : une foison de pissenlits s'échappe de son pantalon ouvert.
— J'te souhaite la bienvenue ! dit-il, riant sourdement.

Luce rit, excitée, de son rire rauque, retenant d'une main sa jupe relevée.

Elle hésite un moment puis porte aux lèvres d'A-lain l'eau qu'elle garde au creux de sa main. Il boit une gorgée et s'arrête, les gouttes comme des perles sur le menton. Ses traits sont affaissés, torturés.

Avec rudesse, il lui saisit les poignets et la force à se retourner la face contre le mur. Il relève brutalement sa jupe qui craque et presse avec violence son pénis indompté contre les fesses fraîches et humides. Il se lamente. Il serre trop fort les petits seins : Luce gémit. Il grogne :
— Dis-moé pas que tu veux pas. Ça te l'dit, j't'ai vu ça dans l'oeil tantôt. Donne-moé ton cul. Le derrière, c'est à moé ! Les tetons, c'est à toé ! J'te tèterai après, donne-moé ton cul, j'te sucerai tant qu'tu voudras après !

La crasse coule des mains de Luce appuyées contre le mur. Son excitation est tombée d'un coup. Son vagin se contracte, fait mal, se révolte, il ne veut plus ce pénis qui s'agite avec véhémence. Ce corps qui branle, collé à celui d'Alain, n'est pas son propre corps.

Mais je suis contente. Je suis comme sa mère, il a besoin de moi et je suis contente. Je le hais parce que je suis contente. Moi aussi, je suis monstrueuse parce que je suis contente. Ça sent l'huile et le fond de toilette. Je suis fatiguée et faible. J'suis faible jusque dans l'âme parce que je pensais qu'on irait manger avant.

118

Alain jouit, se cramponnant à elle, tremblant, désespéré.

Il est fou de moi! Elle pousse quatre à six petits cris étouffés, se mordant le bras, toujours appuyée contre le mur sale, pour prouver qu'elle jouit en même temps que lui et qu'ils pourront ainsi sortir de là au plus vite.

Alain sort le premier, sans la regarder. Luce entrouve la porte et le voit se diriger vers le pompiste, d'un pas alerte, lui parler et rire avec lui.

Elle se rhabille, se recoiffe dans la glace, elle rencontre de nouveau son regard fiévreux. Elle sort un stylo-feutre et trace ces mots sur le mur: «*Les amants sont des taupes chimériques!* Elle ouvre une parenthèse: *Trop intelligent pour être écrit ici!*

Assise dans le camion, elle laisse sa tête glisser en arrière, elle ferme les yeux.

J'aurais voulu qu'il efface ma solitude en me flattant les cheveux, en m'embrassant... peut-être qu'il m'aimerait vraiment. J'me sens honteuse, affamée, solitaire, une étrangère avec une brûlure entre les jambes. Le vidage, je trouve ça épouvantable! Le vidage! Il a fait du gaspillage avec moi. Il n'a pas pris le temps de me sentir. Les hommes vont tout de suite aux endroits où tu voudrais attendre.

J'me sens poulet rasé. La tête rasée. Luce, Luce, Luce, il te suffit d'une situation pour comprendre que le partage ne viendra jamais.

D'un geste vif, Alain ouvre la portière.
— T'as-tu faim? On va aller manger.

Les jours qui suivirent furent désolés. Après la promesse d'un printemps chaud, le vent vira au nord, puis à l'est, et la pluie tomba avec une régularité monotone, fléchissant les branches des arbres comme des drapeaux en berne. Le vent irréfléchi tournait en rond, ne parvenant pas à faire avancer la masse brouillée des nuages qui, invincible, surplombait les maisons, les champs, les chemins, de sa couleur grisâtre et impénétrable. L'été boudait, blottie dans quelque coin du sud.

Au restaurant du village, la clientèle demeurait fidèle. On comptait plus de vieux, maintenant que l'été allait venir. Ils entraient tout mouillés, avec le même refrain aux lèvres: «Y mouille à p'uie, à siaux!» Sortant de la poche de leur imperméable, un grand mouchoir rouge ou blanc, ils s'épongeaient le visage, rassérénés, comme ceux qui en fin de compte, ont réussi à passer l'hiver. Ils demandaient un bon café chaud à la serveuse, la plupart du temps, chaleureuse et aimable.

Luce s'arrêta aussi tous les matins. Elle choisit de s'asseoir à une table plutôt que sur son tabouret habituel. Après avoir mangé, elle lisait, les jambes allongées, le dos bien appuyé sur le dossier de sa chaise. Le temps ne la pressait pas; il l'engourdissait dans la douceur de ses vêtements de laine. Elle ne voulait pas engager la conversation. Les yeux fixés sur un mot de son livre, elle réfléchissait.

Je manque de soleil comme un poisson manque d'eau dans un aquarium vide.

Je me vois les pieds nus, liés à la roche plate comme deux lézards écrasés par la chaleur. Le vent est velouté, la brise de l'été me caresse, j'ai ma carabine et un bon livre et je n'ai plus besoin de rien.

J'ai le goût de vivre pour vivre. Avec Alain, je livre une bataille inutile. Peut-être suis-je faite comme ça, toute ma vie livrerai-je des batailles inutiles.

J'ai et j'aurai d'autres hommes. Pour ma survie, pour ma carcasse, pour m'épargner des rides, pour m'empêcher d'avoir des maladies nerveuses. J'aime l'idée de l'homme. Je m'imagine un amour idéal mais je vis sans. J'aime l'argent. Ça m'en prend pour vivre indépendante. J'ai besoin de vêtements, pour la beauté des vêtements. La sensualité qui se dégage des vêtements. J'ai besoin d'aller chez la coiffeuse et j'ai besoin des soins d'une esthéticienne une fois par semaine.

Peut-être me laisserais-je aller à aimer Alain, s'il était seul, sans sa famille, sans sa mère qui le suivrait si nous nous mettions ensemble.

Peut-être accepterais-je, d'une façon poétique, un enfant de lui, si je n'avais constamment devant les yeux l'image du père effroyable.

S'il était seul et ambitieux, peut-être...

Mais il faudrait pour cela que j'accepte de me voir à côté d'un homme. Un homme à côté d'une femme, c'est étrange, c'est un malaise, c'est en dehors de moi. C'est impalpable. C'est quelque chose d'infranchissable pour moi. Je vois mal mes déplacements avec un homme que j'adopte. Vivre avec lui. Le sexe c'est pas suffisant. Sortir, marcher avec lui dans la rue. Je peux prendre la décision de franchir le fossé, d'être en compagnie d'un homme, mais je ne suis pas là.

Je conviens que je ne puis rechercher l'amour à ne plus finir.

Un midi, qu'elle était absorbée dans ses pensées et que la pluie navrait la couleur du jour, Alain arriva et s'assit sur la chaise, en face d'elle.

Elle ne l'avait pas revu depuis deux semaines. Elle se sentit tout étourdie, refrénant son coeur avec peine. Incapable de bouger, de se lever.

Pourquoi suis-je encore chavirée par le charme, le naturel, l'assurance exécrable de ce gars-là? Ma fille, il faut t'arranger pour régler ça. Il est sans défense, tu vas l'aplatir, tu dois l'aplatir. Laisse-toi pas avoir. Ne te mets pas à l'aimer, tes sens deviennent fidèles, tu ne sens plus rien avec les autres, il ne faut pas...

Il porte un chandail à col roulé, en laine noire. Sa veste de cuir. Il vient de quitter son lit: il sent le sommeil ouateux. Il a le sourire transi de l'humeur incertaine.

— Ça va pas? dit-il. Ben préoccupée à midi?

Luce ne bronche pas. Malgré son tumulte intérieur, elle est sûre qu'elle a gardé une attitude impassible.

Y est v'nu s'asseoir. Y est v'nu s'asseoir.

Un flux de sang lui pince les oreilles. Ses mains ne tremblent pas. Elle baisse lentement son livre, au ralenti, suivant tous ses gestes. Froidement, elle lève la tête, un peu à la Humphrey Bogart, pense-t-elle. L'oeil noir aigu entre les mèches de cheveux, elle dit, d'une voix neutre:
— Qu'est-ce que tu fais, assis icitte, toé?

124

Un peu interloqué, Alain lui répond:
— Ben, j'suis v'nu m'asseoir avec toé. J'suis v'nu jaser.

Elle riposte, cinglante:
— Toé, tu m'satisfais plus dans l'lit, j'suis pas capable de t'parler, qu'est-ce que tu penses que tu fais icitte? Décrasse!

Alain a pâli. Les traits altérés, il reste sans parole. Esquissant un petit sourire tout gauche qui s'efface aussitôt, il devient très sérieux, tout renfrogné. Il se lève et part sans avoir dit un seul mot.

Je l'ai attaqué. Je me hais d'aller avec des gars comme lui, que je me hais!

Ramassant précipitamment ses affaires, elle sort sous la pluie, embarque dans son auto et démarre en vitesse. Désorientée, elle circule n'importe où. Malgré ses joues brûlantes, elle grelotte, les jambes toutes ramollies. Elle a l'impression qu'elle s'est injuriée elle-même.

Elle l'aperçoit au détour d'une rue. Malgré la pluie battante, il marche de sa même façon nonchalante comme si rien ne le pressait.

Son allure reste imprimée dans la tête de Luce. Elle le voit, elle le verrait parmi la foule. La pluie se colore, les formats changent, elle a perdu toute dimension.

Il marche trop d'un pas dégagé. Il ne m'aime pas assez pour que je l'atteigne longtemps. Je ne vois plus personne d'autre, j'arrêterais mon char en plein milieu de la rue, je freinerais raide. Je ferais des accidents, ça ne me ferait plus rien. Pourvu que je voie la belle taille, les belles épaules, les quatre à cinq nuances de blond dans les cheveux. Les beaux cheveux.

L'auto stoppe près d'Alain. Luce l'interpelle:
— Vas-tu chez vous? Veux-tu que j'aille te m'ner?

Elle pense qu'il n'embarquera pas, qu'il a trop d'orgueil.
— O.K., dit Alain.

Elle pense qu'il est sans-coeur parce qu'il embarque.

L'auto roule. Le silence est plein de paroles qui ne seront pas dites.
— Travailles-tu après-midi?
— Pourquoi?
— Ben, j't'amènerais à Amos.
— Non, j'suis trop fatiguée.

— J'aurais aimé ça, on aurait fumé en montant.
— Non, j'suis trop fatiguée.
— L'amour avec les autres, hein? dit Alain d'un ton qu'elle juge indifférent.
— Ouais, sept jours sur sept!
— On va se r'voir.

Luce démarre et s'en va lentement.

Y s'fout d'moé!

Maudit travail! J'aurais voulu qu'il m'excuse, qu'il s'excuse et puis qu'il me dise qu'il m'aime parce que ça m'aurait donc fait plaisir!

L'auto stoppe devant l'école. La pluie s'est arrêtée. Luce a pris une décision; elle ne reverra plus Alain, et, elle ne reviendra plus sur sa décision.

L'été vint; il erra dans les bois, sur l'eau bleue, par les chemins de sable, soufflant sec et doux : on avait prédit un été de sécheresse. La terre avait bu la pluie abondamment, s'en était imbibée. Gonflée, elle avait dégorgé de partout. Un soleil de métal brûlant, scintillant, avait aspiré l'eau. Ses tentacules de feu avaient consumé ardemment la terre qui s'était desséchée, durcie, formant une croûte qui avait crevé, produit des millions de sillons stériles.

Luce resta seule dans sa maison, tout l'été.

Elle aimait passionnément la chaleur. Dans son hamac rose, accroché à deux grands pins gris, elle s'allongea des heures, nue, les yeux clos, laissant la chaleur la pénétrer, la raviver, écoutant le silence, entrecoupé seulement par les jacasseries amorties des oiseaux.

Elle lut, plongée dans son roman jusqu'à oublier où elle se trouvait, s'éveillant brusquement parfois à la réalité, à cause de la fraîcheur du soir qui descendait.

Elle s'étendit sur la roche plate, en plein soleil, près de sa maison. Sa peau aussi coriace, dure et résistante que le caillou, elle ne craignit rien, elle se tourna sur tous les côtés et le soleil en fit une statue de terre cuite. Elle se laissa des jours envahir par la torpeur.

Un après-midi, avec un copain, elle monta en ville, s'acheta un bicycle à gaz, une Honda 450. Elle fit aussi l'acquisition d'une paire de gants de cuir, longs comme ceux des policiers motards. Un casque, une paire de jeans, des bottes de cow-boy, deux vestons de coton, un de couleur orange et l'autre, turquoise.

Chaque jour, elle traversa le village en trombe, devant les gens qui sourirent ou ne dirent rien, convaincus qu'ils étaient de la bizarrerie de son caractère et, parce qu'elle avait un mari estimé.

Elle sillonna les routes désertes et sablonneuses.

Elle avait entendu parler que près de la Mongador, une mine abandonnée au bord d'un lac entouré de bouleaux, vivait un jeune homme ermite, un peace and love à la retraite, un exilé de la paix. Elle le rejoignit un matin, presqu'à l'aube.

Lorsqu'il vit arriver, vrombissant, cette amazone sur deux roues, soulevant derrière elle un nuage de sable jaune, il sortit de son refuge.

Luce le regarda avec insistance. Il était grand et noueux, le ventre maigre, la peau pâle et les yeux bleus, translucides comme de la vitre. Elle descendit de son bicycle, s'avança vers lui.

Elle aurait pu l'enfourcher tout de suite, comme ça, pour lui faire plaisir, tellement il avait l'air en attente.

Du menton, elle montra la mine :
— T'es capable de vivre ici ?

Il prit un air vague, avala sa salive avec difficulté.
— J'aime les endroits où l'exploitation a été découragée.

Luce sourit : elle avait trouvé ce qu'il lui fallait : un purifié.

Sans parler davantage, elle se dirigea vers le lac à quelques cinq cents pieds de là. Elle se dépouilla de ses vêtements avec des petits gestes rapides, les plia avec précaution, les déposa sur la plage. Elle garda son bikini noir. Elle se coucha au bord de l'eau et se couvrit de glaise jusqu'au menton.

Le jeune homme la rejoignit. Elle ferma les yeux et resta là étendue une heure. Puis, elle se leva et marcha dans l'eau. Elle était comme un ornement, dur et solide, une pierre de jaspe limée par endroits, là où la glaise se détachait de la peau mouillée. Elle se débarbouilla vivement sans plonger dans l'eau puis vint s'asseoir près de lui.

Ils parlèrent. Il avait failli partir à la dérive, victime de la drogue. Il s'était repêché lui-même et avait tout quitté. Le travail, la drogue, le tabac, l'alcool et le sexe. Ça aussi, il l'avait purifié. Il ne s'en servait que pour les besoins strictement essentiels.

Il parla de méditation, de rassérènement, de béatitude.

Luce revint plusieurs jours, accomplir ses ablutions sous un soleil en ardeur dans un ciel trop pur.

Elle se délecta de toutes les conversations que le jeune homme lui servait avec son granola et son café.

Elle repartait au soir, lorsque la poussière du jour restait suspendue au-dessus des chemins comme une écume opaque.

Puis, son compagnon devint morose. Son menton s'allongea et il se prostra de longues minutes sans parler. Il lui avoua qu'à force de la voir se caresser doucement, amoureusement les petits seins avec de la glaise, il avait une envie folle de laisser tomber son maillot de bain bleu marine.

132

Luce jeta un coup d'oeil sur ce qui avait été, jusque là, en retrait, et observa que la proéminence sexuelle de ce jeune homme ne faisait aucun doute.

Elle chercha une formule pour l'apaiser, sauta sur son bicycle et s'enfuit dans un nuage ocré, laissant le jeune homme pantois, doutant d'avoir connu une Atalante motorisée à tête d'insecte qui était passée comme la foudre dans son désert.

Il plut pendant quelques jours. Luce vendit son bicycle. Les dernières fraises rougirent sous le trèfle sauvage.

Elle accepta l'invitation d'une jeune femme qu'elle avait rencontrée lors d'une réunion syndicale. Elle et son mari étaient naturistes, vendaient des aliments naturels et demeuraient à la campagne.

Ils allèrent tous les trois à la cueillette des fraises. Luce acquiesça à leur demande de demeurer avec eux plusieurs jours, de partager leurs repas et à la fin, elle décida de le prendre, lui, comme amant.

À cinq heures de l'après-midi, un dimanche de fin septembre, l'hôtel n'est jamais bondé.

Luce choisit une table avec Régis, une table retirée d'où elle peut voir sans être vue. Cela lui plaît de s'introduire dans l'ombre d'un hôtel un peu sordide lorsqu'elle sait que dehors tout est ensoleillé, clair et limpide.

Elle a revêtu une robe couleur chamois qui rehausse le joli grain de sa peau. À son cou, pend un petit coeur de jade.

Lui, est plutôt de taille moyenne, dans la trentaine, costaud, portant la barbe et les cheveux frisés. Des yeux bruns ou verts, vifs, le nez fin, le front buté, des lèvres minces. Il prend son temps à ranger les manteaux, à s'épousseter, à sortir son paquet de cigarettes.

Luce laisse promener son regard curieux et un peu hautain.

Le barman ventripotent, derrière son comptoir fer à cheval, leur fait signe qu'il viendra. Une lueur blafarde dans la pénombre fait briller le nickelé des objets. Le juke-box, l'horloge, le box à cigarettes, les bouteilles, les verres, les micros, les instruments de musique sur le stage.

La clientèle se compose surtout d'Indiens aux cheveux huileux, aux vêtements sales. Ils se relèvent de la brosse de la veille, entassés à une table, ou tournant lentement autour de la table de pool. Un vieux n'est pas encore remis, il dort, la tête entre ses bras, le coude sur la table, écrasant son dentier rose.

Un petit monsieur, un commis voyageur en panne sûrement, toussote sans arrêt, fixant ses petits souliers de cuir patin. Chaque fois qu'il tousse, ses petits souliers se redressent et sa pomme d'Adam, qu'il a saillante et pointue, gigote comme un grelot de cloche.

Deux danseuses à gogo dépeinturées, assises au bar. La blonde aux gros seins laiteux qui débordent de son décolleté, rit grassement, rentrant ses griffes dans les plis de sa robe simili-léopard. L'autre a le teint brouillé, la robe fripée · et elle fume avec un bouquin.

Le serveur s'avance et Luce le regarde droit dans les yeux. Distante, froide, distinguée, elle lui adresse un sourire poli. Il attend. Elle met du temps, trop de temps à commander. Il se sent criblé de coups d'oeil narquois. Il la regarde bien en face : elle dissimule son regard dans un sourire presque timide, baissant les yeux sur ses mains qu'elle tient étendues, droites sur la table. Puis tournant la tête, elle lève un regard plein d'arrogance sur Régis, de plus en plus mal à l'aise, se sentant rabaissé au rang de serveur. Elle lui tend la carte des vins et reste muette, se reculant sur sa chaise, très droite. Se détachant complètement des deux hommes, elle observe ailleurs.

Un homme et une femme dans la quarantaine sont assis non loin d'elle. Des bribes de leur conversation lui parviennent à l'oreille.
— Lui, j'veux pas qu'y vienne dans ma maison. Non, j'veux pas qu'y vienne chez nous.
— Lui, tu veux pas qu'y vienne, comment ça? Y va v'nir Madame, y va ve-nir, c'est moé qui l'dis !
— Non, non, y viendra pas chez nous !

Luce soupire d'aise. Des obstinages d'ivrognes, des obstinages d'ivrognes ! Ça existe ailleurs pis ça m'fait donc du bien !

Tout ce que je déteste dans mon mari, j'veux aller l'voir ailleurs. Je regarde ce monde avili et ce sont les seuls moments où je suis bien sans restrictions, sans restrictions. Je ne suis plus contractée, ma tête ne me fait plus mal.

Le serveur est revenu. Luce l'a oublié, elle ne remarque même pas qu'il la toise sans aménité.

Régis s'empresse, se rapproche de Luce, lui embrasse la main.

L'oeil insondable, elle porte le verre à ses lèvres.

Cet homme, cet amant naturiste a ramassé des fraises que j'ai congelées pour mon mari! Il est compréhensif mais on dirait qu'il pense qu'il lui faut être amoureux en même temps. C'est pour ça qu'il m'énerve. Je suis embêtée de m'apercevoir jusqu'à quel point l'homme compréhensif m'énerve.
— À quoi penses-tu, demande Régis, attentionné.
— À mon oncle Jean-Paul, répond-elle, d'une voix suave. Je ne t'ai jamais parlé de lui?
— Non, dit-il, se penchant vers elle, comme aux aguets.

Le sourire de Luce est angélique. Elle parle la main sur le coeur:
— Il ne parlait pas de ses frères, il était différent des autres. J'avais cinq ans lorsqu'il venait me chercher pour m'amener partout. Je mettais une belle robe, je l'attendais. Quand y venait pas, je ne me lavais pas, m'habillais pas. Ses cheveux étaient cuivrés et sa peau claire. Je le trouvais mélancolique. Y avait pas de femme. Pas de laideur autour de lui. S'il était venu me chercher avec une fille, je ne sais pas ce que j'aurais pu faire. Il décrivait les gens. Avec lui, je

savais pourquoi j'allais manger de la crème à la glace, je ne me voyais pas en train de manger de la crème à la glace, j'en mangeais! Maintenant je me vois faire les choses.

— Pourquoi parles-tu à l'imparfait?

— Parce qu'il est mort, écrasé par un tracteur à dix-huit ans. Je ne voulais pas y toucher, ma mère m'y a obligée. Je ne comprenais pas pourquoi il fallait rester chez ma grand-mère, trois jours. L'irréalité m'est venue. La nuit, je faisais des cauchemars. Le jour, je restais en haut de l'escalier pendant que mon oncle gisait sur les planches dans le salon. Les autres oncles se sont battus et mon père les a arrêtés en perdant beaucoup de sang. Après, j'ai fait ce qu'il fallait que je fasse. Je n'ai jamais plus pensé à lui. Fini. Rayé. Maintenant les mouvements de vie où je me vois en état de réalité, c'est sur une grande place où il y a une éclaircie avec des arbres, des bancs, des enfants, du bruit, des gens qui parlent, des kiosques où on peut manger. Je pourrais dire que dans ces endroits, je suis presqu'heureuse.

Les narines frémissantes, elle respire péniblement. Régis tourne entre ses doigts le petit coeur de jade.

— Veux-tu aller au parc? demande-t-il doucement.

— Ben non, tu sais que j'aime pas ça. J'suis bien ici.

Attristé, il suit son regard qui s'attarde sur un groupe d'Indiens, debout près de la table de pool. Pour lui changer les idées, il dit, montrant les Indiens, d'un grand geste large et fier:

— Tous mes amis, tous!

Il reçoit son regard noir.

— Qui ça, les sauvages? Y m'font aucun effet. Je ne suis pas en train de me faire un dilemne sur les priorités qu'on doit accorder à ce peuple bafoué. Y m'attire pas. Ça ne me dérange pas. Que tu sois blanc ou noir, tanne-moé pas. Si tu m'tannes, peu importe la couleur.

Elle l'a froissé.

— J'vas aller mettre de la musique, dit-il.

Arrivé près du juke-box, il doit attendre que deux amoureux se soient déplacés. Ils dormaient presque, s'embrassant, faisant semblant de choisir des chansons.

Une femme vient de prendre place à l'autre table, en face de Luce. Elle a peut-être quarante-cinq, cinquante ans. Peut-être qu'elle ne sait plus elle-même: l'âge s'embrouille facilement sous le maquillage. De beaux yeux, des pupilles immensément grises, qui cachent tout le blanc de l'oeil. Une couronne de cheveux blonds, courts, ondulés. Un ensemble de lainage gris. Des mains très blanches, grasses, lourdes de pierres de peu de qualité. Un nez large, retroussé. Une bouche épaisse. Un visage un peu vulgaire avec deux yeux qui demandent pardon.

Le serveur arrive près d'elle. Elle demande une soupe, évitant son regard.

Elle croise de longues jambes fortes et grasses et sortant de son sac une montre-pendentif, elle la pose délicatement sur la table. Elle déplie sa serviette et la maintient sur sa grosse poitrine, comme une bavette, rentrant les coins dans sa blouse barrée grise et blanche.

Régis parle de musique. Le serveur arrive. Luce ne peut pas quitter la dame des yeux.

Depuis un bon moment, elle a croisé son regard froid, ses yeux de chat qui paraissaient ne pas la voir. Cela l'intrigue. Elle commence réellement à être d'une humeur agréable. Elle commande une soupe, elle aussi.

La dame se mouche et dépose son petit paquet de kleenex à côté de sa montre-pendentif. Avec sa napkin, elle frotte énergiquement sa cuillère. Elle brasse la soupe. Il se passe quinze minutes pendant lesquelles elle touche à tous les objets à portée de sa main. Elle ouvre un paquet de biscuits qu'elle laisse tomber dans la soupe sauf le dernier, qu'elle récupère et délaisse sur le napperon. Elle cale les biscuits soda dans le fond de son bol. Elle renifle.

Régis étonné regarde Luce. Sa dissertation sur la célébrité des Beatles ne peut avoir déclenché ce rire impertinent et joyeux. Mais il s'en fout parce qu'elle tapote son bras avec sa petite main chaude et qu'elle lisse sa masse de cheveux sur son épaule.

Une fausse-belle, une fausse belle! Depuis tantôt qu'elle hésitait entre la bonne soeur qui vient de ranger sa défroque ou une pute fraîchement baptisée. Ni l'une ni l'autre. Une nouvelle libérée, émancipée, affranchie, gainée et gloutonne. La plébéienne prétentieuse aux yeux menteurs.

Régis éprouve le besoin de parler sérieusement:
— Penses-tu que nous pourrions vivre ensemble?
— Pas si tu continues à faire ton beurre de peanut.
— Comment ça? Pourquoi tu dis ça?
— Parce que tu dis que tu mets pas d'huile... wash! Ça doit coller au palais!
— Sérieusement, non mais, sérieusement?
— Ça m'effraie! oh, que ça m'effraie un gars qui va rester dans la maison, qui va faire à manger. Si jamais, mon mari me disait: «J'ai appris que tu m'trompais, fais un choix.» Tout de suite, je te laisse tomber. Au moment présent. T'es l'premier homme que j'avertis comme ça!

Devant son air déconfit, elle reprend:
— T'insistes trop. Tu vois, je ne conçois pas avoir toujours, toujours un homme, une présence constante et attentive autour de moi. Quand tu m'dis: «Consi-

dères-tu le fait que nous pourrions vivre ensemble, faire ça ensemble?» Non, j'considère pas ça. Qu'est-ce que je ferais avec un homme sur mes talons. J'sortirais, faudrait que je sorte avec lui. Ah non, j'veux pas! Toé? tu fais du canot, tu sautes les rapides, tu fais des exploits pis après tu t'en vas chez vous pis tu lâches pas ta femme autour des marmites? C'est pas ça, un homme qui travaille.

— La prochaine fois, viens avec moi, tu vas voir!

— Penses-tu que j'traverserais les rapides pour éprouver l'trip de m'effoirer sur un rocher? Bonsoir merci.

Parce qu'elle rit de son rire saccadé, le regard gris s'est posé sur elle, intéressé.

Si je restais avec un homme amoureux et attentif dans une maison, je serais obligée de m'installer définitivement dans mon corps. Je ne suis jamais dans mon corps. Je suis spectatrice. Il y a une autre Luce qui regarde vivre Luce.

Quand ses yeux vifs deviennent affolés, il se tait, il n'aime pas qu'elle soit farouche et absente. Il se sent envahi par un doute insupportable.

J'aimais l'idée d'un homme qui fait son pain à la maison, mais maintenant cela m'énerve. Un homme, c'est pas fait pour faire son pain à la maison. Je le contrarierais à l'année. Peut-être qu'avec le temps, je ne supporte plus l'homme. Peut-être qu'avec l'âge, je ne supporte plus l'amant. Je suis fatiguée de changer d'homme tous les six mois. Je ne leur trouve plus rien.

Lui, il est gentil mais il ne me fait pas vibrer. Un gars naturiste et compréhensif, ça me fait peur. J'abattrais des façades. Pas question. À quel prix et pourquoi? Il faudrait pour cela que je l'aime à n'en pas voir clair.

J'aime pas la façon dont il se sert de ses mains pour fumer, pour saisir les objets. Finalement, je lui reproche des détails futiles, des niaiseries: son pouce, l'ongle de son pouce, sa bouche, le timbre de sa voix, sa senteur. J'ai tout remarqué la première fois que je l'ai vu. Ça ne s'efface pas mais tu te raisonnes en te disant que ça n'a pas d'importance. Je pensais que j'aimerais un gars original, non, il me fatigue.

Je voudrais un vrai homme, celui qui t'attire sans que tu saches pourquoi. Ça vient tout seul, ça te balaie! Un homme que le monde apprécie et regarde. Un homme qui travaille et ramène une paie à la maison.

— En somme, ce que je reproche aux naturistes, c'est de triper sur les naturistes parce qu'ils trouvent ça naturel! Moi, j'préférerais que tu lâches ton trip pis que tu gagnes $400.00 par semaine. J'serais plus naturelle avec toi !

— Arrête tes sarcasmes, dit-il, d'une voix acérée.

— Pas surprenant que t'aies des problèmes avec ta femme.

— C'est depuis que je suis avec toi que j'ai des problèmes avec elle.

— Je ne conçois pas être responsable. Je ne veux pas assumer tes problèmes. Faut pas me dire ça. Je ne conçois pas non plus que tu me dises que je suis belle que je suis fine et que tu ne veux pas organiser ton hiver pour gagner de l'argent parce que tu es en amour avec moi. Je n'comprends pas que tu sois détaché du matériel à cause de moi qui ai en horreur la médiocrité. Toi, tu consentirais à supporter presque l'indigence.

— Oui, dit Régis, les yeux implorants et la voix fluette.

Le serveur apporte à la femme un steak de jambon, deux carafons de vin blanc et deux coupes.

Tiens, elle attend quelqu'un. Je déteste les hommes aux regards suppliants. Des yeux qui ne provoquent pas mon désir. Pourtant, cet homme se prive pour me satisfaire dans le lit. Il n'éjacule pas. Il ravale. Moi et mon plaisir avant. Pas de spontanéité. Je sais que je vais jouir, il va tout faire. Cela va être la résultante d'un frottage électrique continu et long.

Après quatre heures de friction, même une lesbienne ne tiendrait pas l'coup! Il possède un pénis qui devient allongé-gros mais mou longtemps. Décevant, moi qui attends toujours que ça fasse mal pour avoir ma récompense.

Le regard plein de nostalgie, qu'elle attache sur Régis, est tourné vers un rêve intérieur.

Ce naturiste est trop mon père, mon frère, mon ami, trop mon oncle. L'homme-idéal doit être un homme avec des gestes sûrs en amour. Il est mobile mais désintéressé. Il joue beaucoup avec une femme. C'est la sauvagerie dans la démarche et dans la voix. Peut-être que ça prend six hommes pour en faire un. C'est l'homme qui ne voudrait pas de moi. C'est ça. Ouais. Il ne serait pas capable de supporter une femme. L'homme-ange, l'homme-femme peut-être. Un caractère très féminin et très masculin en même temps. Complet par lui-même. Pour rester idéal, il faut qu'il reste seul. L'homme réservé, racé, pas parlant, tranquille, un peu lointain, sauvage, possessif, tendre, protecteur. Inattaquable. Intouchable.

Une sorte d'impétuosité triste s'empare d'elle, la trouble et l'impatiente à la fois.

La musique trop forte semble renforcer l'apathie des gens, la plupart encore assis dans une même posture comme s'ils tournaient dans un film, une scène interminable. D'autres gens commencent à arriver et les lumières allumées donnent un éclat dépoli au nickelé. Les danseuses sont parties et sont revenues, repeinturées. L'Indien a roulé sous la table. On l'a ramassé et on l'a sorti en glissant ses fausses dents dans la poche de sa veste.

La femme en gris a pendu à son cou sa montre-pendentif. Après avoir avalé presque tout son jambon et bu son premier carafon de vin blanc, elle saisit le deuxième ainsi que la deuxième coupe et elle se verse à boire, tout en mastiquant lentement sa dernière bouchée, avec un beau visage paisible de vache broutant à l'ombre.

Tiens, le monsieur qu'elle attendait n'est pas venu à l'heure.

Étourdie par le vin, Luce est attirée par l'abîme de ce monde brutal et inexorable. Régis s'embarrasse dans le menu et finalement, choisit la même chose que Luce. Il lui emprunte son crayon, en attendant, pour lui écrire un poème de son cru, sur la petite serviette en papier. Il incline la boule frisée de ses cheveux sans désordre.

Je n'ai pas envie de monter en haut avec lui, ça m'ennuie. Je monterai parce que c'est la dernière fois.

Le corps des hommes me répugne facilement, le sien m'est devenu trop familier, je reste sans frisson. Je ne transpire pas de la chaleur du dedans. Il se tortille sous les caresses. J'aime pas. J'aime. J'aimerais. J'aimerais pas. Je veux vivre des romans mais au moment où le gars va sortir du roman et va rentrer dans mon quotidien... je m'en vais. L'homme ne prend pas tellement de place dans ma vie. Il occupe toutes mes pensées, il ne prend pas de place dans ma vie.

Je voudrais qu'on me libère, qu'on me donne la permission de me libérer.

L'homme-idéal, c'est moi, ça masque ma prison, c'est mon évasion. Je trouve la vie insignifiante. Je garderai la recherche de l'homme-idéal. Si je le trouvais, j'arrêterais d'attendre, d'être angoissée, la vie m'intéresserait moins. J'irais me promener en train. Il me flatterait mais pas trop. On irait dans le sud. Je m'ennuierais.

Le poème est écrit. Il parle d'émoi et d'évolution.

Le deuxième carafon de vin blanc aux reflets dorés est vide sur la table en face. Des larmes perlées jaillissent des yeux gris.

Luce s'excuse, se lève et se dirige vers le téléphone entre les portes vitrées. Elle signale avec agitation :

— Écoute, Madeleine, j'te rends ton mari. C'est ton bien en premier. T'as assez fait de sacrifices pour le comprendre durant toute votre union. Si lui a évolué, c'est grâce à tes sacrifices. Y est temps qu'y prenne la relève avec vos enfants. Non, non, écoute, j'te le rends, c'est ton mari. Tu l'as tellement accepté, maintenant y doit être assez mature pour reprendre les rênes du ménage. J'pense que c'est un très bon père. Les belles expériences d'accouchement que vous avez vécues ensemble, ça crée des liens indélébiles. Et la mère de ton mari, elle t'aime tellement que j'peux pas y faire ça. J'vas t'laisser parce que j'suis dans une boîte payante. T'as été bonne de m'accepter dans ton existence. T'as été bien compréhensive parce que moi j'aurais pas permis que tu joues dans mes plates-bandes.

La voix à l'autre bout du fil, un peu douceâtre à l'oreille de Luce :

— Non, non, non. Si vous êtes heureux ensemble j'en suis contente. C'est pas à moi à décider.

— Comme tu vois, tu décides rien à soir, c'est moi qui décide.

— Vous pouvez continuer à être heureux ensemble, j'vous comprends.

— Écoute, j'te redonne ton mari, c'est pas l'bonheur qui m'fait cet effet-là !

— On n'a pas le droit de faire ça derrière lui. Faut respecter sa liberté. Faut en parler à trois.

— Bon quoi qu'il arrive, c'est moi qui décide.

— Il te rappellera.
— En tout cas, il est à toi !

Elle raccroche.

Régis s'est redressé sur son siège sans la voir et arbore une attitude distinguée et hautaine.

Luce a une moue de dédain. Cet homme-là est sans personnalité, il me plagie sans arrêt.

Revenant s'asseoir en face de lui, elle reste immobile.

Je m'absente. Je suis au-dessus de sa tête, de plus en plus absente, de plus en plus envolée. C'est impossible, je ne suis pas faite pour le grand amour.

— C'est pas dit comme ça dans le poème, mais ça fait partie de mon évolution, dit Régis en riant, depuis que je fais l'amour avec toi, j'me masturbe pus !
— Dis-moi pas ça, tu m'écoeures !

— Tiens, elle va me faire re-culpabiliser, moi qui ne culpabilisais pus !

— Ça chatouille, c'est collé, je ne suis absolument pas capable de tout cet acte ridicule.

La dame en gris s'est levée.

Avant, elle a ramassé — on ne l'avait pas desservie — elle a rassemblé les petits cartons de beurre, les papiers de cellophane, les kleenex. À l'aide de son paquet de cigarettes, elle a râclé les miettes, fourré tout ça dans le fond de son bol à soupe. Elle a remis sa montre-pendentif dans son sac. Du bout de ses doigts gras, elle a étiré en relevant la peau de ses pommettes saillantes. Sortant son bâton rouge, elle a redessiné le cercle de sa bouche arrondie devant un petit miroir dissimulé dans son porte-feuille. Elle s'est levée en lissant sa jupe sur ses hanches fortes et se dirige vers la sortie, dominant de sa haute stature, d'un pas lent, le dos comme une armure.

Luce a croisé son regard d'aube grise. Des pupilles de chat dans lesquelles on voit descendre et monter les marées.

C'est de valeur, elle aurait pu être très belle mais elle a bougé...

Un curieux vide creuse l'estomac de Luce comme si étant embarquée dans un train, on lui annonçait que ses bagages étaient restés sur le quai.

Ils sont montés.

Régis est sous la douche, en homme habitué à vivre à deux. Luce a remonté les oreillers derrière son dos, elle a pris un livre, elle en traîne toujours un dans son sac, elle l'a ouvert à une page, n'importe laquelle. Elle doit faire semblant de lire quand Régis sortira de la douche, cela l'excitera : il pensera qu'elle n'a pas envie de faire l'amour. Il déploiera ses ailes.

Une petite lampe à la tête du lit. Les couvertures rejetées au pied. Sa peau foncée sur les draps blancs.

Je ne veux pas que ça dure longtemps, je me ferai des pensées.

Il sort de la salle de bain.

Le livre proche de ses yeux l'aveugle. Elle n'entend pas de bruit.

Il se glisse au pied du lit, presse ses petits pieds sensibles sur sa poitrine velue, douce, forte.
— As-tu froid?

Chose curieuse, chaque fois qu'il est dans le lit, il perd sa voix fluette.

Elle ne répond pas, elle lit.

Ses mains chaudes caressent les genoux.

Elle serre les cuisses.

Je pense que je suis une putain, que je vais dans une maison malsaine et que ma mère ne le sait pas.

Les lèvres humides baisent la peau charnue juste au-dessus des genoux.

Les yeux fermés, elle tourne la page de son livre.

Non, je suis une jeune fille pure, je paie ma chambre dans une maison malsaine aux murs délabrés, aux rideaux de plastique avec des grandes fleurs ternies.

Il fait des ronrons sur le ventre lisse. Sa main enveloppante tourne autour du nombril. Avec le bout des poils de sa barbe crépue, il effleure légèrement le poil du pubis.

J'ai seize ans. Je suis pure et vierge. Je suis habillée pour me rendre à l'église, c'est le temps pascal. J'ai un manteau mauve tricoté en laine, un chapeau de paille, des gants de dentelle puis de grandes bottes blanches. Je tiens mon missel. Je sais mes prières par coeur. Je pénètre dans la maison. Un escalier abrupt. Je gravis les marches, une douce musique grégorienne envahit la maison. Un corridor crasseux rempli de portes.

Elle lève un peu son livre.

Il lèche ses seins. Unc grande langue rose de chien qui lècherait deux plats à l'envers.

Elle ferme les yeux.

Je tourne une poignée. Une vaste pièce dont les murs sont recouverts de tissus surannés. Une table est servie. Des pains rebondis à la croûte dorée, collés deux par deux. Une tour de jello rouge brille et tremble entre des cierges jaunes, sans flamme. Des mets glacés. Des poulets gélatineux, refroidis. Des corbeilles de fruits s'étalent en cascades. L'eau immobile dans les carafes. Un parfum douteux dans les plis des rideaux pâles et lourds.

Les doigts délicats entrouvrent les lèvres. La bouche-ventouse se colle au clitoris et la langue taquine.

Les cuisses s'écartent.

Vitement, l'autre porte. Des femmes, taillées dans l'été mûr, aoûtées, statuesques, belles ! Debout grandes et fortes, dans cette lumière de fin de jour, la poitrine nue, les mamelons frémissants comme des bourgeons captifs dans la pierre des seins. Immobiles, la robe tombante sur les hanches, en plis lourds et sombres, traînant sur le sol, cachant les cuisses, colonnes du temple d'où coule le parfum de toutes les voluptés. Comme une grotte, le capiteux, l'étourdissant vagin abrité dans les plissements.

Des jeunes hommes imberbes à la poitrine lisse, adolescents aux fesses de velours qui mangent des fruits, s'essuyant la bouche à la langue des femmes. Les yeux grillés par l'envie de faire l'amour, leur pénis marbré, saisi dans une sculpture immuable.

Derrière la porte, les vieux hommes qui font signe, la langue tendue, la queue racornie. Serpents à sonnettes, cachez vos lancettes, je suis pure et vierge...

Le petit oeil enflé du pénis de Régis.

Le livre dans le visage.

Régis monte à cheval. Il chevauche pour longtemps. La poche des testicules tape dru sur le petit terrain vague de la vulve boursouflée comme une voile entre les piloris des cuisses. Tous les petits carillons du monde sonnent à la porte du temple vaginal. C'est le sanctus pascal.

Oh, je suis pure, je suis vierge. C'est ma chambre avec sa tapisserie de fleurs. La porte se referme derrière moi. Un homme plein de silence, assis sur mon lit. J'enlève mon manteau, j'ai ma petite jaquette de flanellette. Il est nu avec un gros, gros pénis. Je lui donne mon missel. La musique des orgues se gonfle dans les tubes enflammés des cierges qui remplissent ma chambre comme des soldats de feu. J'ai ma main sur ma bouche qui se refuse. Il me saisit la nuque et penche mon visage sur son ventre.

Un orgasme simultané.

Régis a son beau corps luisant rempli de sueur. Il distribue des petits baisers pleins d'euphorie.

— Que je suis content ! dit-il entre deux bécots.

— Content de quoi ? bâille Luce. De quelle victoire te vantes-tu ?

Longtemps, tous les deux, les yeux dans le vague.

Luce se lève et se rhabille.

— Où tu vas ? dit Régis, désappointé. J'pensais que tu resterais encore.

— J'peux pas, je travaille demain.

Lorsqu'elle sort de l'hôtel, la lune mouilleuse est au-dessus des arbres. Sans forme, ni ronde, ni ovale, comme une gouttelette d'émail pâle un peu rose, un peu jaune, tombée d'un pinceau sur un velours gris bleu. Une lune qui reflète de très loin la lumière des feuillus qui a pris la teinte d'une citrouille mûre et vague au vent comme une prestigieuse chevelure frisée.

J'attendais Luce au restaurant du village. Le vent empoignait les nuages blancs, les poussait les uns sur les autres, les roulait en montagnes qui culbutaient dans l'azur radieux. Les feuilles séchées crépitaient le long des trottoirs.

Elle arriva, pressée. La frange souple et inégale des cheveux accentuait son air insoumis.

La serveuse aux lèvres sensuelles et à la démarche fière nous apporta un morceau de tarte aux raisins et un thé que nous bûmes lentement, à petites gorgées, étirant le temps. J'étais heureuse de toutes ces conversations.

Elle s'adossa contre le dossier de sa chaise, mit les mains dans ses poches, rejeta ses cheveux en arrière d'un bref coup de tête.

— Écoute, dit-elle, pour moi, c'est une vaste farce. Je peux te révéler une autre facette de moi-même tout aussi compliquée !

Je la remerciai en riant. J'appuyai avec regret et soulagement mon doigt sur le *stop* du magnétophone.

Elle regardait souvent l'heure, l'oeil agité, avec au fond, une lueur cruelle. Je sus qu'une autre chasse était commencée.

aux éditions de la pleine lune

Achevé d'imprimer
en janvier mil neuf cent quatre-vingt-trois
sur les presses de l'Imprimerie Gagné Ltée
Louiseville - Montréal.
Imprimé au Canada